集英社オレンジ文庫

これは経費で落ちません！ 9

～経理部の森若さん～

青木祐子

本書は書き下ろしです。

5・第一話　わたし、けっこう根性あるので！
61・第二話　予定調和は嫌いです！
121・第三話　数字以外は見ないほうがいいこともある
181・第四話　愛は仕事をしていないときに必要になるんですよ
237・エピローグ　～教える真夕ちゃん～

【登場人物紹介】

森若沙名子《もりわかさなこ》

経理部主任。過不足ない完璧な生活を目指している。座右の銘は「ウサギを追うな」。

山田太陽《やまだたいよう》

営業部のエース。沙名子とつきあっている。大阪営業所に異動した。

佐々木真夕《ささきまゆ》

経理部員。沙名子の後輩。愛社精神に溢れているが、ケアレスミスも多い。

麻吹美華《あさぶきみか》

経理部員。中途入社で沙名子より三歳年上。好きな言葉は「フェアネス、コンプライアンス、ウィンウィン」。

田倉勇太郎《たくらゆうたろう》

経理部課長待遇。沙名子の先輩。大きな体に似合わず神経質な一面もある。

中島希梨香《なかじまきりか》

営業部企画課員。真夕の同期。毒舌で噂話が大好き。

岸涼平《きしりようへい》

経理部員。もとトナカイ化粧品の社員。

イラスト／uki

第一話 わたし、けっこう根性あるので！

「――森若《もりわか》さん、出張申請いいですか？」

沙名子《さなこ》が経理室の席で紅茶を飲んでいると、ドアが開いて亜希《あき》が入ってきた。

山野内《やまのうち》亜希はもとトナカイ化粧品の営業部員である。トナカイ化粧品が天天《てんてん》コーポレーションと合併するにあたり、今年の春から本社営業部販売課に配属された。長身に合う黒のパンツスーツとウォーキングシューズ。三十四歳――見るからにしっかりして頼もしい女性だ。

営業部は基本的に体育会系で、外回りをするのは男性ばかりである。中途入社の女性がやっていけるのかと最初は思ったが、四カ月経《た》った今はすっかり馴染《なじ》んでいる。

「来週からですね。仙台《せんだい》から盛岡《もりおか》と八戸《はちのへ》――東北ですか」

沙名子は亜希が差し出す申請書と経理システムのページを照らし合わせながら言った。

天天コーポレーションでは、経理申請をするときは社員がプリントアウトをして上司の印鑑をもらい、経理部に持ってくるというのが決まりである。システムにまったく同じページがあるので無駄なのだが、経営陣は紙で確認しないと落ち着かないらしい。

「はい。あちこちのドラッグストアとスーパーの本社をめぐります」

亜希ははきはきと答えた。

「おひとりで行かれるんですか？」

「そうですね。つてのある店が中心ですけど、飛び込み営業もあります。おかげでちょっと長くなっちゃってます。どうせ東北へ行くならまとめて回ろうと思って」

「わかりました」

どちらにしろ沙名子は受け取るだけである。吉村《よしむら》営業部長が承認しているものを、通さない権限などない。

亜希の出張申請は月曜日から四泊五日。一県につき一日ということになるが、あちこちの会社に行くとなると短いくらいだと思う。販売課には、一カ所で営業をするのに三泊して、温泉に入ってくるような営業部員もいるのだ。

沙名子は営業部のエース、山崎《やまざき》のことを思い出し、やや不快になった。

腹立たしいのは営業成績がいいので追及できないことだ。吉村部長から直接、山崎は特別扱いをしているから自由にさせてくれと言われたくらいなのである。

──そして沙名子はそのこととは別に、山崎に弱みをひとつ握られている。

「森若さん、最近、山崎さんから出張申請受けました？」

亜希が尋ねた。山崎のことを考えていたところだったので、少し慌てた。

「どうでしょう。ご本人に確認したほうがいいと思います」

「森若さんは口が堅いですね」

「経理部ですから。申請は了解しました。新幹線のチケットは少しお待ちください。東北新幹線のチケットの買い置きがないので、どうするか検討します」

「わかりました」

出張にかかる交通費は各自で精算だが、新幹線のチケットだけは経理部が社員に渡す。妙な習慣である。おかげで経理部員は新幹線のチケットを定期的に買って、金庫で管理しておかなくてはならない。

東海道新幹線のチケットは常備しているが、東北新幹線はあまり使わないのでまとめて買うと無駄になる。これだけの移動となると確認しておく必要がある。むしろこれを機会に、新幹線チケットも個別に手配してもらいたいものだ。

「あ、亜希さんこんにちは。申請ですか」

亜希が経理室を出ていこうとすると、ドアから涼平《りょうへい》と真夕《まゆ》が入ってきた。ふたりともファイルとノートを抱えている。総務部へ行っていたらしい。

岸《きし》涼平は一カ月前に経理部に入ってきた男性だ。沙名子よりもふたつ下で、亜希と同じ、もとトナカイ化粧品の社員だ。入ったばかりなので伝票の受付と給与計算が主な担当である。今はこれまでの担当者、真夕を手伝う形になっている。

「そう。出張のね。涼平にやらせようと思ったけど、いなかったから森若さんに頼んでたわ」

亜希は涼平に向かって言った。

「俺よりも森若さんのほうが確実ですよ」

「やらなきゃ覚えないでしょ。涼平くん、早く経理部の主力になってよ。三年以内に頼むわ」

「無茶言わないでください」

沙名子は思わず笑った。涼平は亜希に頭が上がらないようだが、仲がいいのはわかる。トナカイ化粧品の出身者は結束力が固い。

沙名子は亜希のページを確かめ、未決のフォルダに入れた。備考欄に、新幹線チケットを未渡しと書く。

「亜希さん、頑張っているらしいですよ」

しばらくしてから真夕が沙名子に声をかけてきた。

涼平は総務部に何かを尋ねるため行ってしまっている。新発田《しばた》部長と勇太郎《ゆうたろう》はずっと会議で、経理室にいるのは女性三人だけだ。真夕は涼平の前では亜希の噂《うわさ》話をあまりしない。

美華《みか》は目をあげたがすぐにうつむいた。デスクの上にはプリントアウトされたエクセルのシート、右手の横には電卓、手にはボールペン。さきほどから険しい顔で表を睨《にら》み、電卓を叩いているのである。

石鹸《せっけん》と入浴剤の会社である天天コーポレーションが二社と正式に合併して四カ月。嵐のような時期は過ぎたが、まだあちこちの統廃合は残っている。九月を過ぎれば半期決算、もうすぐ夏休みなのもあってやることは多い。

「頑張っているというのは、仕事で?」

沙名子は尋ねた。真夕はロッカールームでの噂話が好きだし、同期社員とよくランチへ行くので、ときどき妙な情報を仕入れてくる。

亜希は営業部に来たときから注目を浴びていた。吉村営業部長が率いる男くさい販売課に、自分から外回りを希望して入ってきたというだけでも猛者《もさ》なのに、癖の強い鎌本《かまもと》とペアを組まされ、屈することなく営業成績を上げている。取引先に可愛《かわい》がられてゴルフにも行った。そのゴルフがかなりうまいらしい。体育大学出身で、運動神経が抜群なのだ。

沙名子は、亜希がロッカールームでほかの女性社員たちとあっという間に馴染み、お菓子を食べながら雑談を交わしていたことに驚いた。悪口と噂話が大好きな希梨香《きりか》が、亜希さんと呼んで慕っている。沙名子にはないコミュニケーション能力である。

「そうそう。希梨香から聞いたんですけど、亜希さん、先週の販売課の定例部会で、営業部の人数が増えたので東北と北海道に販路を広げてはどうかって言ったんだって。保留になったけど、平社員の提案にしては規模が大きすぎるでしょ。森若さんは心当たりあります？」

希梨香は真夕の同期社員で、ランチ友達である。営業部の企画課で、フロアが同じなので販売課の情報も流れてくる。

真夕は冷蔵庫を開け、マグカップに氷とアイスコーヒーを注いでいる。コンビニに行かないところを見ると仕事は順調だ。涼平が慣れてきたせいか、最近の真夕には余裕がある。

「山野内さんは近いうちに東北へ出張しますよ。さきほど処理しました」

沙名子は言った。真夕も美華も、経理部員として社員の個人ページを見る権利がある。職務権限で知ったことを他者に漏らすことはない。

「――そうなんですか。なんとなく、さっきのはそれなんじゃないかと思ったんです」

真夕はうなずいた。亜希を見て気にかかっていたらしい。

もしも本格的に東北へ営業をかけるとなれば経理部も無関係ではいられない。真夕は自分は経理的な勘が働かないと言っているが、沙名子から見るとそうでもないと思う。

「着眼点は悪くないですね」

美華が口を開いた。仕事に集中しているかと思ったら聞いていたようだ。電卓を打つ手を休め、ふたりの顔を見渡すようにして言う。

「東北と北海道は、天天コーポレーションにとっては未開発の土地です。売り上げも東日本と西日本では違います。反面トナカイ化粧品は、規模は小さいけれども東北に販路を持っています。これを消してしまうのは惜しいです。合併したからには有利な点も取り入れて、共同体として進化しなくてはなりません」

「天天コーポレーションが東北に営業所を作るってことですか？」

「現実的に考えて、今の段階で営業所までは必要ないでしょう。トナカイ化粧品でもありませんでしたし、人的資源が足りません」

「じゃ本社の営業部員が東北まで回るってこと？」

「そうです。それだけじゃないですよ。他社のシェアを奪うわけですから、やるなら予算を組んで戦略的に営業して、販売を強化する必要があります。仮に販路が開けても、赤字になったら会社としての意味はないので」

「何をするんですか？　キャンペーンとか？」

真夕はアイスコーヒーをストローで混ぜながら尋ねた。氷の音が経理室に響く。

「それを決めるのは営業部です。経理部が試算するのは話が具体的になって正式にヒアリングをしてから。わたしは数字を見て、採算が取れるか取れないかを判断するのみです」

美華はきっぱりと言った。雑談の域を超えている。真夕が感心したようにストローに口をつけ、小さくつぶやく。

「なるほど……。なんか美華さん、勇さんみたいになってきましたねえ」

美華はぴくりと片方の眉をあげた。

「わたしは田倉《たくら》さんよりは柔軟なつもりですが」

「管理会計をやっていればどうしてもそうなりますよ」

沙名子が取りなした。

勇太郎は昇進して別の仕事が増えた。合併にともなう雑務は美華に任せきりになっている。美華は直接教わっているだけあって、最近は言葉の使い方まで勇太郎に似つつある。

勇太郎は製品や会社の事業そのものにはあまり興味がない。会社の人間と深く関わることもない。何を話していても常に数字と、どの書類をいつまでに作成すればいいのかということばかりを考えている。

本当は沙名子がそうなるはずだった。会社の製品に興味など持たず、愛社精神などという言葉とは無関係に、給料と福利厚生のためだけに働くつもりだったのだが、予定通りにはいかないものだ。

ＰＣへ向かっていると、経理室に新発田部長が入ってきた。勇太郎とともにいると思っていたが違った。沙名子は手もとにあった未決の出張精算を持って立ち上がった。

「新発田部長、営業部から東北への出張伝票が出ているんですが、新幹線のチケット代を個別精算にしてもいいですか？　東北新幹線の分はチケットを常備していないので」

「あ――そうか」

新発田部長は今気づいたようにつぶやき、少し考えた。

「どこまでだ？」

「東京から仙台、仙台から盛岡、盛岡から八戸と弘前《ひろさき》です。帰りは弘前から東京までです」

「ん――仙台までと、帰りの分はまとめて買っておいてくれ。これから必要になるかもしれん」

「わかりました」

沙名子は言った。真夕と美華は黙って仕事をしているが聞いている。

新発田部長は営業部が東北への販路を考えていることを知っている。おそらく非公式に吉村部長から聞いたのだろう。これからは営業部員が仙台へ行き来することが多くなるのだ。何が始まるのか知らないが、経理部員は数字を見て判断をするだけだ。

駅ビルのスーパーで、雲丹《うに》が安かったので買うことにした。

安いといっても二千円。しかし外食で食べることを思えば安い。福島産の桃と、半額の鶏肉《とり》とブロッコリーとプチトマトを籠《かご》に入れ、副菜はどうしようかと考える。作り置きのポテトサラダは雲丹丼には合わない気がする。少し考えて茶碗蒸《ちゃわん》しと葱《ねぎ》と青じそを買い足し、レジへ向かう。

急なメニューの変更があると週の後半に響く。とはいえ粒の揃《そろ》った雲丹を前にして通り過ぎるのは惜しい。今年の雲丹は高いのである。美味《おい》しい雲丹丼のため、ごはんは冷凍ではなく新しく炊《た》くことにする。帰ったら寿司《すし》飯のレシピを確認しなくてはならない。

デザートの桃を食べながら映画を一本観《み》よう。マニキュアも塗る。週の半ばの定時帰り。怒濤《どとう》のような決算期を乗り越え、ボーナスが出たあとだから得られる幸福である。

経理部に人が増えてよかったとしみじみと思いながら雲丹を冷蔵庫に入れ、炊飯《すいはん》器の準備をしていると、スマホが鳴った。

相手は太陽《たいよう》である。仕事終わった？　とあるので終わったよと返す。こういうときは話したいときだと思っていたら電話が鳴った。雲丹丼を優先したいが出ないわけにはいかない。まだ夏休みの予定を詰め切れていないのである。

『あ、沙名子？　もう家？』

電話を取ると、太陽の能天気な声が聞こえた。

「うん。今日は定時帰り」

『俺は今会社出たとこ。同じ会社なら、一緒に何か食べて帰れるのになあ』

まったくだ——と思いそうになり、慌てて自分の中で訂正する。平日の夜は貴重な自分の時間である。太陽に関わっていたらマニキュアを塗り直すこともできない。

沙名子はスマホをスピーカーにして米を研《と》ぎ、炊飯器のスイッチを入れた。どのみち太陽は放っておいても喋《しゃべ》り続ける。

『夏休みだけど、やっぱりお盆は無理そう。こっちで顔出さなきゃならないところがあってさ。でもその次の週に休み取れると思う。車借りるから、どこか中間地点で会わない？』

「わかった。調整してみるわ」

『温泉がいいな。じゃ俺は沙名子の結果を聞いてから申請するわ』

有給休暇は取れるときに取っておくというのが経理部員の暗黙の了解である。今からならほかの部員とかち合うこともないだろう。休みの前後には効率的に仕事を片付けなければならなくなるが、それもいつものことだ。

『沙名子と久しぶりに会えるの嬉《うれ》しいなー。宿とかお任せで悪いけど』

「いいわよ。誕生日でしょ」

『そうそう。沙名子と同い年になる貴重な二カ月なんだよ』

太陽は浮かれている。自分の誕生日が大好きなのだ。そういえば去年もそうだった。年齢のことは言うなと口に出したいが、逆に意識させそうで言えない。

二十九歳か……。

細かい確認をして沙名子は電話を切った。米が炊き上がるまでやっと座れる。

太陽はもうすぐ二十九歳になる。その二カ月後に沙名子は三十歳になる。

同期社員の美月《みつき》は二十代のうちにと言われて結婚した。沙名子自身も、二十代のうちはないだろうと思っていた主任への昇進を果たしている。勇太郎が管理職になり、涼平が入り、いつのまにか責任が重くなった。コンビニのお弁当では満足できず、ひとりで雲丹を買って雲丹丼を作る喜びまで覚えた。

昇進と結婚はともかく、まだ二十代だからと考えないでいたことが先送りにできなくなると思うと、二十九歳の心はざわつくのである。

沙名子が経理伝票を持って営業部へ行くと、鎌本が話している声が聞こえた。

「だからさ、なんで頭を飛び越えていくかな。俺はメイン担当なんだけど。あくまであっちはサブじゃん？　翌日に報告されても困るんだよね」

鎌本の向かいにいるのは立岡《たちおか》である。煮え切らない表情でうんうんとうなずいている。日中なので外回りの営業部員は出払っていて、広いフロアはがらんとしている。

「東北だってさあ、女に言われたら吉村さんだって従わないわけにはいかないじゃん。一週間出張とか、その間こっちの仕事どうすんの」

「そういうときのために二人で組んでるわけだろ」

「だから山野内ってそれを逆手に取ってんだよ。ちゃっかりしてるっていうかさ、利用できるものはなんでも利用するわけ。女だからとか、俺だって言いたくないけど。あー太陽はよかったな。アホだけど素直だった。早く帰ってこないかな」

そこは同感である。むしろ鎌本が大阪に行けばよかったんだよと思いながら沙名子はフロアを見渡した。たまたまなのか女性は誰もいない。どうりで鎌本が気持ちよさそうに話しているわけである。

「森若さん、伝票ですか」

声をかけてきたのは山崎である。

山崎はいつも通りだった。染めたサラサラヘアと縁のない眼鏡、ピンク色のネクタイ。

ちょうど電話を切ったところらしく、デスクで受話器を置きながら沙名子を見る。

「はい。山野内さんはいらっしゃらないようですね」

「さっきお客さんから何かで呼ばれて出ていきましたよ。すぐ帰ってくると言っていました」

「――そうですか」

沙名子はホワイトボードを見た。山野内亜希という欄には、ファッション小物の会社の名前が書いてある。帰社時間は夕方とあった。鎌本がいるので、てっきり亜希も在社していると思ったのだが。

「預かりましょうか？　ぼく隣の席だから」

「――いえ」

沙名子は断った。

ほかの社員なら預かってもらうところだが、今回の出張伝票の訂正は少しややこしい。亜希は経理システムの細かい操作が苦手なので口頭で言ったほうがいい。

亜希が山崎の隣の席だとは知らなかった。いつのまにか席替えしたらしい。

「何、森若さん。山野内がまたミスしたの」

クリアファイルに伝票を挟んでいると、鎌本が声をかけてきた。心なしか嬉しそうである。


「伝票の訂正です」

沙名子は早口で答え、鎌本に背を向けた。

鎌本と亜希は外回りのときに組んでいる。関係はよくない。最初は亜希が鎌本に嫌味を言われたり、いいように使われたりして落ち込むのではないかと心配したものだが、そういう雰囲気でもない。亜希は前任者の太陽と同じように営業車の運転を引き受け、積極的に営業回りをこなしている。むしろ亜希が鎌本を無視して仕事をするので、鎌本が憤《いきどお》っているように見える。

大丈夫です、わたし、けっこう根性あるので――と、亜希は配属された最初のころに沙名子に言った。定例部会での発言といい、おとなしく誰かに従うタイプではないらしい。配属されて四カ月――そろそろ新しい職場に馴染み、遠慮が取れてくる時期である。亜希は声は荒らげないが、意志は強そうだ。

沙名子はふと山崎に目を走らせた。亜希と同じ年齢だが、学年にしたら山崎のほうがひとつ上になるのか。相変わらず汗をかかなそうな女顔で、ネクタイを締めてデスクに座っていても、遠目には理系の大学生のようである。

山崎は固定電話の受話器に向かっている。今日はまとめて電話をかける日らしい。さほど流暢《りゅうちょう》に喋っているわけでもないが、雑談で盛り上がって微笑《ほほえ》んでいる。山崎が笑っているると、それはそれで不穏だ。

亜希はトナカイ化粧品で営業成績トップだった。天天コーポレーションは化粧品の売り上げではトナカイ化粧品にはかなわず、合併に伴って化粧品のラインの廃止が決定した。天天コーポレーションの営業成績トップの山崎と、亜希の席を隣同士にするというのは何か意図があるのだろうか。

そういえば亜希から最近、山崎について何かを聞かれた。あれはなんだったか——。

なんとなく考え込みながら営業部のフロアを歩いていると、エレベーターホールから吉村部長が歩いてくるのが見えた。企画課長の村岡《むらおか》と肩を並べている。

「——森若さん、いつもお疲れさま」

廊下の中央を譲って通り過ぎようとしたら、吉村部長から声をかけられた。

「はい。お疲れさまです」

「うちの部員に何か？　書類を預かりましょうか」

「いえ大丈夫です」

沙名子はつとめて事務的に言った。

沙名子は営業部の担当なので、吉村部長とはときどき細かいやりとりをする。経費の使い道についての問い合わせ、修正依頼を出して不機嫌になられることも多い。最近は、意外と複雑な男かもしれないと思ったりもする。

「森若さんにはお世話になっているからなあ。新発田部長からもいろいろと聞いています。なんなら今度、飲みにでも行きましょうか」

いきなり言われてひっくり返りそうになった。

冗談じゃない。なぜ沙名子が吉村部長と飲まなければならないのだ。残業代をもらえるとしても断る。

「結構です。わたしは社内の人とは食事に行かないことにしているので！」

ほかの社員から誘われたとき用の定型文で、全力で断った。相手が幹部社員であることはわかっていたが、エクスキューズを入れる心の準備がなかった。エレベーターホールに女性社員がいて、こちらを見ている。

吉村部長は苦笑した。

「警戒されちゃってるなあ。なんならうちの若いのと一緒に。山野内も連れていきますよ。いつも迷惑かけてるから、ぜひにって思うんだけど」

プライベートの時間を奪ったらさらに迷惑だろうが。自覚があるなら伝票を早く出せ。領収書の添え書きを丁寧に書けと言いたい気持ちをこらえ、沙名子はかろうじて言った。

「ありがとうございます。申し訳ありませんが経理部員ですので、一線を引かせていただきます。では」

「田倉くんは円城《えんじょう》社長と個人的に食事に行ったりしているようですよ」

「そうですか」

「知っているかもしれないけど、森若さんを主任に推したのは吉村部長なんですよ」

村岡が言った。ブランドものらしい濃紺《のうこん》のスーツの袖《そで》口から腕時計がきらりと覗《のぞ》いている。

だから何だというのだ。沙名子は苛立《いらだ》った。村岡は微妙に沙名子の行く先を邪魔する場所にいて、うまくすれ違えない。

「確か、森若さんは円城……鏡《かがみ》美月さんと同期社員でしたね。結婚式にもいらしていた」

「そうですね。では」

「うちも変わっていくから、女性の意見を聞いてみたいと思っているんですよ。じゃ次の機会に。森若さんからも意見があったら遠慮なく仰《おっしゃ》ってください」

「ありがとうございます。意見があったら社内で言わせていただきますね、では」

「心配しなくても、飲み代を経費で落としたりしませんよ。ははは」

「ははは」

村岡が書き割りのように笑った。当たり前だ、落ちるわけないだろうと思いながら沙名子は村岡の横をすり抜けた。腕にぶつかりそうになり、クリアファイルで触れるのをブロックする。吉村部長はどいたのに、村岡が沙名子をよけないのに腹が立つ。

「森若さん、吉村部長と何の話をしていたんですか？」

数分だったが消耗した。ゼイゼイしながらエレベーターホールまで行くと、希梨香が話しかけてきた。

希梨香は営業部企画課の社員――村岡課長の部下である。希梨香の横には同じ企画課の緑《みどり》がいて、好奇心に満ちた顔で沙名子を見ている。

「よくわからないわ。飲みに誘われました。断ったけど」

動揺していたので取り繕《つくろ》うことを忘れた。希梨香が噂好きなのがわかっていても、愚痴《ぐち》って慰《なぐさ》めてもらいたい気分だ。

「ええ――……。森若さんにも？」

「希梨香ちゃんもあったの」

希梨香はうなずいた。

「吉村さんはしょっちゅう部員誘って飲み歩いてるけど、最近は女性社員を誘いたがるんだよね。あたしたちもこの間、ランチにお寿司を食べに行きましたよ。緑さんが時短勤務だから、夜は無理だろうからって」

「ランチ代が浮いて助かったわ。亜希さんはふたりで飲みに行ったみたいですね。亜希さん、お酒強いんですよ」

緑が言った。緑は育児中だが、亜希と同年代なので仲がいい。

亜希は吉村部長と飲んだのか。営業部員が飲んだり食べたりするのは仕事の一環だが、吉村部長とふたりというのは同情する。

「森若さんも食べてきたらどうですか。どうせなら高そうな店をふっかけるといいですよ。吉村部長は奥さんの実家が太いからお金持ちなんですよ」

「わたしは社内の人間とは食事に行かない主義だから」

沙名子は言った。主義ということにしておけば、いちいち行かない理由を説明しなくてすむ。

吉村部長はわかりやすいマッチョなボスである。男性たちに高圧的にふるまって命令し、かと思えば大げさに褒め、飴《あめ》と鞭《むち》を使い分けて鼓舞《こぶ》する。太陽をはじめとする営業部員は吉村部長にどんな無茶を言われても逆らえない。それでいて嫌われていない。

経理部に来ても、新発田部長と勇太郎に対する態度と、沙名子や美華に対する態度は違う。最近は会議で事務担当の女性がお茶を出すという習慣を格馬《かくま》に禁止され、亜希のように自分から外回りを希望する女性が出てきたり、希梨香と緑の担当した企画が好成績をあげたりして、戸惑っているようにも見える。

沙名子が主任になったのは、吉村部長の推薦があったからだという。理由がわからない。沙名子は吉村部長にとっては目の上の瘤《こぶ》のはずだ。吉村部長が円城格馬を出し抜こうとしたとき、邪魔をしたのが沙名子なのである。

「たまにはあたしたちとランチ食べましょうよ。真夕も誘って。駅の向こうにビールと唐揚げの専門店ができたんですよ」

希梨香が言った。

「ありがとう。気が向いたらね」

沙名子は手を振って希梨香たちと別れた。

雑談をしたら落ち着いた。緑はおっとりしていて和《なご》むし、希梨香からは淡いフローラルの香りがする。こういうときに女性の同僚はありがたい。

経理室に帰ったら温かい紅茶を淹《い》れて、飲みながら仕事をしよう。社内で何があろうとも、沙名子は地味でありふれた経理部員でいたいのである。

「──なんだか嬉しいですね。森若さんとドライブできるのって」

沙名子の横で、亜希が運転しながら言っている。

天天コーポレーションの社用車、おなじみの白のマーチである。

行く先は茨城県の天天コーポレーションの研究所。ここは専任の経理部員がいないので、本社の経理部員が月に一回、現金の出納と数字の確認をすることになっている。間違っていることはほぼないし、夕方に私服で行けばそのまま直帰できる。同期社員で入浴剤の開発担当者である美月がいれば会うこともある。好きな仕事のひとつである。

普段は電車で行くのだが、営業部にいた亜希がちょうど車で開発室へ行くところだったので、そのまま一緒に行くことになった。

亜希はジャケットを後部座席に置き、襟《えり》のないブラウスとストレッチパンツの姿でハンドルを握っている。視線は前からそらさず、流れに乗ってすいすいと抜けていく。無駄のない動きは太陽と似ていると思う。沙名子は以前よりも車の助手席が好きになっている。

「鎌本さんがいたらご遠慮しようと思いました」

沙名子が正直に言うと、亜希は苦笑した。

「今日は営業ではないですから。もし森若さんが一緒だと教えたら、鎌本さんも来たがったでしょうね。鎌本さんは森若さんがかなりお好きですよ」

「それはないです」

「いや本当ですよ。よく話題に出ます」

「わたしは営業部の担当ですからね。できればやめていただきたいですが」

「可哀相《かわいそう》に。鎌本さん、頑張ってるのに女性社員に人気ないんですよね。わたしは嫌いじゃないんですが」

思わず運転席を見てしまった。

鎌本はときどき――かなりの頻度《ひんど》で失礼である。真夕にセクハラまがいのからみ方をしているのも見たことがある。やんわりと抗議すると冗談なのにと言われる。美華や希梨香などのはっきりと怒りそうな女性にはしないのが嫌らしいところだ。

太陽も、なぜか鎌本は嫌いではなさそうだった。

「どういうところが？」

沙名子が尋ねると、亜希は苦笑した。

「ちゃっかりしているところですね。面倒なことは誰かにやらせちゃう。そんなに残業しないのに、営業成績も悪くはない。最小限の労力で最大限の成果を得るみたいな、そういうのがうまいんですよ。こういうやり方もあるんだと勉強になります」

「山野内さん、確か、鎌本さんのミスを押しつけられていませんでしたか。手洗いブースを設営したときに」

「手洗いブース——ああ、ありましたね。あのときはわたしも入ったばかりだったから、してやられました。でももう負けませんよ」

亜希はきっぱりと言った。楽しそうだがどこか凄《すご》みのようなものがある。

「ああいうおじさんには慣れているので。幸いなことにわたしは鎌本さんの好みのタイプではないみたいですし。うまくコントロールしながらやっていきます」

「年齢のこととか言われたりしません？」

鎌本は、天天コーポレーションの女性社員の誕生日を全員分覚えているという噂なのだ。誕生日おめでとうと言われるのがこれほど憂鬱《ゆううつ》な人間もいない。

「言われます。鎌本さんは若い女性がお好きみたいで、衰《おとろ》えるだの何だのと言われると切なくなります。天天石鹸って年配女性のユーザーが多いけど、みんな綺麗《きれい》じゃないですか。老人ホームにも納入して喜ばれています。おばあちゃんもいい香りの石鹸が好きなんですね。素敵ですよね。わたしは誇らしいですよ」

「山野内さんは天天石鹸を使っているんですか？」

「使っています。化粧品関連はトナカイ化粧品ですけど、家の石鹸は全部、天天石鹸に変えました。新製品の『夏の香り』、いいですね。自社の製品に愛情を持つっていうのがわたしの一番の営業哲学です」

亜希はさらりと言った。

亜希の声は長く聞いていても不快にならない。鎌本の悪口を言っていたつもりが、いつのまにか沙名子まで天天石鹸の新製品を使いたくなっている。山崎もそうだが、優秀な営業マンは悪口を言わないし、ゴリ押しもしない。

「そういえば山野内さん、吉村部長と食事に行かれたそうですね」

沙名子が尋ねると、亜希はうなずいた。

「はい。わたしからお誘いしました。色っぽい意味じゃないですよ。吉村さんには営業部に採用してくれた恩もあるし、天天コーポレーションの営業方針を一対一で聞きたかったんです。わたし、おじさんと飲むのってけっこう好きなんです」

沙名子は亜希の横顔を見る。亜希が自分から吉村部長を誘ったとは思わなかった。

「そうなんだ……」

「男性には男性なりの悩みがありますから。わたしは庇護《ひご》欲をそそるタイプでもないし、この年齢になると見くびられることもないから楽です。昔はいろいろありましたけど、三十代になってよかったと思いますね」

しかも亜希は悩みを言う側でなくて聞く側らしい。少し驚いた。三十代後半の鎌本を

「ああいうおじさん」でくくっているのは少し溜飲《りゅういん》が下りたが。

そろそろ郊外にさしかかり、道が広くなって対向車線の車も少なくなっている　亜希は気持ちよさそうにアクセルを踏み込んでいる。

「――わたし、今回の東北行き、どうしても成功させたいんですよね」

亜希はぽつりと言った。研究所が見えてきていた。信号のない横断歩道の前で女性が立っている。

「来週に行く店ですか？」

「そうです。今日も開発室に新製品のサンプルをもらいに行くんですよ。製造部だと間に合わないから」

「そういえば、東北の販路は、もともとトナカイ化粧品が持っていたものだそうですね」

「はい。わたしが販路を拓いたんです。四、五年くらい前かな。つてを辿《たど》って中規模のお店に置いてもらいました。スーパーとコンビニの間みたいなね。地方はそういうお店が多いんです。大きくはないけど堅実なルートです」

横断歩道を渡った女性がぺこりと頭を下げる。亜希は車を発進させた。

「トナカイ化粧品は関東圏の販売ルートを確立していなくて、このままだったらどんどん落ちていくのはわかっていたから。社長はテレビコマーシャルとか打ちたがってたけど、そんな予算はないし、広告じゃ大手には勝てません。それよりも大手からこぼれた地方のルートを開拓したほうがいいと思って。あちこちを回ったら、宮城で展開しているスーパーの社長に気に入られたんです」

「山野内さんおひとりで回ったんですか？」

亜希はうなずいた。

「うちは営業の経費を削減してたから、専任の営業部員は三人しかいなくて、交通費だけで出張費も出ない状態でした。冬の東北の風景でミニポスターを作って、持っていったらはまったんです。一番いい場所に製品を置いてもらって、ほかの店も紹介してくれました。今回も、そのときの社長のところへ真っ先に行って、天天石鹸をお願いしてくるつもりです」

「そんなに頑張ったのに、トナカイ化粧品がなくなったのは残念でしたね」

「そうですね。でも、化粧品の名前は残りましたから。天天コーポレーションには感謝しています」

亜希が自社製品に愛情を持つというのは本当らしい。製造部の槙野《まきの》もそうだった。いちばん愛情を持っていなかったのは、社長の戸仲井《となかい》だったかもしれない。

会社はなくなったが製品はなくなっていない。合併して、天天コーポレーションの化粧品のラインとどちらを残すかという話になり、トナカイ化粧品が残った。これからは双方の持ち味を活《い》かした化粧品のラインをトナカイ化粧品として展開していくことになっている。

亜希は以前の職場を思い出したのか、目を細めた。

「そこのスーパーの担当者が東京に来るとき、食事をすることになってね。うちの社長を紹介したかったけど、用事があるからって断られたんですよ。社長は都会的なのが好きだったから、東北のスーパーなんてどうでもよかったのかもしれません。もっと地道な営業に力をいれていたら違う結果になったとわたしは思っています。そういう話を吉村部長にしたら、うちはそうじゃないって言ってもらえました。それで、わたしの今回の出張が決まったんです」

「——そうだったんですか」

腑《ふ》に落ちた。亜希が吉村部長を誘ったのは、ただの食事ではなくプレゼンだったのだ。きっと酒も入っていただろう。そこまで言われたら吉村部長は東北に行けと言うしかない。東北のスーパーの社長も、そうやって落としたのか。

「もしも正式に決まったら、次は吉村部長を連れていきます。吉村部長は頑固に見えるけど柔軟な人ですね。わたしとは合うと思いました」

「吉村部長も山野内さんを気に入っているんじゃないでしょうか」

沙名子は言った。

亜希のやり方は正しい。吉村部長は海千山千の営業部長だが、親分肌なので懐《ふところ》に飛び込めば拒まない。女性のことを扱いかねている——女性社員を部下に持つということに慣れていないようだが、亜希はタフなので扱いやすそうである。希梨香や沙名子といきなり話したがったのも、亜希と話して得るものがあったからかもしれない。

「東北新幹線の件はありがとうございました。行きと帰りのチケットだけいただいて、途中の細かいところは様子を見てレンタカーを借りて回ります。それは経費で落ちますよね」

あと数分で着くところになって亜希は話を変えた。沙名子はうなずいた。

「落ちます。レンタカーのお店からいただいた明細書を添付してください。距離とお店の場所を確認できるので」

「心配しなくても、交通費の二重取りとかしませんよ」

「そういう意味で言ったんじゃないですよ」

沙名子は穏やかに返した。

もちろんそういう意味で言った。中途入社して半年近く、亜希はずるくなりつつある。日帰りできる出張を一泊にしたり、自分で飲食したであろう少額の領収書を交際費に混ぜてきたりしている。吉村部長の承認が適当だということを見抜いたのだ。大きなプロジェクトが始まる前に釘《くぎ》を刺しておかなくてはならない。

亜希なら、気づかれているということに気づけば暴走はしない。優秀な営業マンは、なぜかそういう部分も優秀である。

研究所の前まで来ていた。亜希は丁寧に駐車場に車を入れ、出入り口から一番遠い駐車スペースに車を停《と》める。帰りはお気遣いなくと言い置いて、沙名子は車を降りた。


仕事を終えて休憩室でミルクティーを飲んでいると、美月がやってくるのが見えた。

「森若、久しぶり。仕事？」

美月はスマホをかざし、自動販売機のコーヒーのボタンを押した。

無造作に結んだ髪をほどくと、さらりと肩に散った。入浴剤によって髪や肌が傷《いた》むことはないという実証をするため、美月は一切パーマをかけず、美髪と美肌をキープしている。

白衣の下は襟が伸びたTシャツとジャージのパンツ、足下はサンダル――というよりつっかけに近いゴムの靴である。入浴剤の開発は濡《ぬ》れるし、湯船に入ったり手足を浸したりする必要があるので仕方がないのだが、もう少しなんとかならないものか。

「今終わった。美月は?」

沙名子は言った。美月は沙名子の横の壁に寄りかかり、外を眺めた。

「調合したお湯を機械にかけているところ。あと十五分かな。森若が来てるっていうから出てきたわ」

「わたしはこれから帰る。お茶でも飲みに行きたいところだけど、新婚さんを誘ったら迷惑よね」

「いいわよ別に。格馬、毎日遅くて家で夕食もめったに食べないから」

「社長だもんね。寂しくない?」

美月の夫は天天コーポレーションの社長、円城格馬である。

美月は無表情のままコーヒーに口をつけた。

「わたしは平気だけど、格馬は寂しいみたい。朝食だけは一緒に食べるって言い張ってて、わたしが休みで寝坊したら拗《す》ねた。あんなので仕事できるのかな」

「社長としての評判は悪くないみたいよ。……それ、わたし以外の人に言うのはやめてね。どこかに漏れたらうちの株価が下がるわ」

「だから森若に言いたくなるの」

美月は社長夫人になっても変わらない。東京寄りの高層マンションに引っ越したくらいである。社内の反応は変わったが、もともとマイペースなので気にしていない。格馬は愛妻家で、美月の仕事には好意的、家庭でも協力的らしい。

「うちの会社大丈夫なの？　最近は営業部の人が開発室によく来るのよ。格馬も休日は経理の人とゴルフだし」

「――経理の人って、田倉勇太郎さん？」

沙名子は尋ねた。

沙名子の同僚――先輩の勇太郎が、格馬の影響でゴルフを始めたことは知っている。格馬は直接、勇太郎を社長室に呼ぶこともある。年齢が近いし、勇太郎は忖度《そんたく》しないので信頼を置けるのだろうが――新発田部長は吉村部長と近いので煙《けむ》たいのだろうが――三人目の経理部員としては複雑である。部下に丸投げだが責任は取る新発田部長と、実務に優れた勇太郎。ふたりの信頼関係が盤石《ばんじゃく》だから安心して仕事ができるのだ。

勇太郎には社内政治に関わってほしくない。彼が信奉するのは数字だけであってほしい。それは沙名子の勝手な期待であり、理想の押しつけだとわかっていてもなお、沙名子は勇太郎に望むものがある。

亜希だったらどうしただろうと沙名子は思った。勇太郎が弱って本音を吐露《とろ》したら、引き留めて話を聞いてやって、きちんと泣かせてやっただろうか。沙名子にはできなかった。

あるいは三十代になれば——あと二カ月経てば、できるようになるのだろうか。

「そう田倉さん。わたしは顔も覚えてないんだけど。森若の同僚だなと思いながら聞いてるわ」

「勇さんは経理部の要《かなめ》だよ。新発田部長よりも詳しいから話を聞きたいんでしょう」

かすかな胸の痛みをこらえて沙名子は言った。

「そうなんだ。急に仲良くなったのよね」

「主任から課長待遇になったからだと思う。中間管理職は大変なのよ」

思わず勇太郎の立場になってしまった。沙名子も社内の女性で最速で主任になったわけで、ひやりとする。いずれ沙名子にも回ってくる役回りなのか。そうだとしてもゴルフはしないと心に決める。

「経理的には勇さんが見てるから大丈夫だと思う。営業部の山野内さんは、来週から営業回りがあるからサンプルを取りに来たって言ってた。合併したばかりだし、トナカイ化粧品の開発がこっちに移ったから気になるんだと思う」

「その人のことはわからないわ。わたしは入浴剤の担当だから。よく来るのはあの眼鏡の人ね。この間もいろいろ聞かれた」

美月は言った。

沙名子は紙コップのミルクティーをひと口飲むと、そろそろと尋ねる。

「――山崎さん？」

美月はうなずいた。

「そう、山崎さんて人。温泉地に入浴剤を売ってるのってあの人だよね。どうして売れてるのかわからないけど、こっちとしてはありがたいから協力したわ」

美月は言った。美月にとっては、自分が開発した入浴剤が認められるのが一番の喜びである。温泉地でどうやって入浴剤を売りこんだのかは沙名子にとっても謎だ。

亜希から最近、山崎は出張に行ったのかと尋ねられたことを思い出した。


休み明けに席へ着くと、営業部から新しい稟議書《りんぎしょ》が提出されていた。

東北と北海道方面の営業プロジェクトである。

亜希の出張は終わっている。どうやら東北方面への販路の開拓が正式に始まるらしい。

勇太郎がＯＫを出しているので沙名子の承認は要らないのだが、担当者なので回ってくる。

沙名子が確認したら承認完了である。

紅茶を飲みながら稟議書をチェックする。規模はそれほど大きくないが、東北各地の温泉に天天石鹸を置き、新幹線の駅構内と百貨店で特設会場を開く際に関連商品を扱う契約を交わしたらしい。特設会場は最短のもので来月からで、天天コーポレーションは併せて販売強化体制をとる。担当者はこれから東北出張が多くなるだろう。

担当者の欄には、山崎柊一《しゅういち》、山野内亜希とある。

稟議書を提出したのは亜希だが、メインの担当者は山崎だ。

沙名子は稟議書をじっと見つめ、確認のボタンを押した。

次の仕事にとりかかっていると、真夕が経理室に入ってきた。手にクリアファイルと笹《ささ》かまぼこの箱を持っている。

「営業部行ったらおみやげもらいました。亜希さんが経理部用に一箱買ってきたんだって。笹かまぼこ、冷蔵庫に入れておきますね」

真夕が冷蔵庫を開けながら言った。

「ランチのときに食べるわ。山野内さんは元気だった？」

「そりゃ元気ですよ。東北の営業が成功しましたから。吉村部長も上機嫌だし、入ったばかりなのにすごい頑張りましたよね。といってもメイン担当者は山崎さんだけど」

「それってよくあることなんですか？　俺はよくわからないんですけど、メイン担当が、営業を取った人でなく、ほかの人になるって」

横にいる涼平が口を挟んだ。

涼平にしては咎《とが》める口調になっている。当然かもしれない。今回の東北回りは亜希が提案し、ひとりでレンタカーを運転して勝ち取ったのだ。回った販路はトナカイ化粧品のものだったのに、メイン担当が山崎では成果が横取りされたようなものではないか。

「山野内さんは中途入社ですから。ひとりで担当をさせるのは早いと思われたんじゃないでしょうか」

沙名子は言った。

「わかりますが、ふたりでやるっていうなら、ずっとやってる鎌本さんになるのが妥当《だとう》じゃないですか。稟議書を見たけど、けっこう大規模ですよね。年功序列かと思ったけど、亜希さんと山崎さんは同い年だし。なんであっちがメインなんだろう。まさか女性だからってことはないですよね」

「それは山野内さんの意見ですか？」

「いえ、俺が勝手に思ったことです。亜希さんは愚痴は言わないから」

沙名子は尋ねた。

「だったら問題はないでしょう。山崎さんは営業能力があります。会社としても力をいれようとしているのだと思います」

「亜希さんも営業経験は長いですよ」

涼平は珍しく食い下がった。

気持ちはわかる。山崎はいつも暇そうである。出張費はごまかすし、使途不明の飲食費は出してくるし、稟議書や報告書の分量は短い。仕事のないときは適当な営業先をボードに書いて直帰してしまう。打ち合わせや確認は足を運ばず電話で済ませてしまう。いかにも要領が良さそうで、経理部員から見ると問題のある社員だ。

営業成績がいいというのは本当か。吉村部長の覚えがいいことに仕事の手を抜いて、汗水垂らして働いた人の上前をはねていっているのではないか。みんな最初はそう思うのだ。

「いろいろあるんです。きっとあとからわかってくると思います」

沙名子は言った。反論はできるが、山崎をかばってやる義理はない。

「派閥とかですかね」

「——それもあるかもしれませんね。どちらにしろ経理部とは関係ないことです」

沙名子は面倒なので同意した。涼平の目からしても、吉村部長が山崎を可愛がっているのはわかるようだ。

「そういうのはなあ……」

涼平はぶつぶつ言っている。

しかし亜希もまた吉村部長に積極的に近づいている。亜希はトナカイ化粧品の人脈と元社員たちの仲間意識、女性であることすらフルに活かし、力のある人間に気に入られ、涼平のように慕う人間を多くして、自分の地位を確立させようとしている。涼平は気づいていないが、それは派閥、つまり社内政治の萌芽《ほうが》である。

「出張伝票と領収書をお願いします」

他人の心配をするほど沙名子も余裕はない。ひとまず自分は巻き込まれないでいたいものだ——と思っていたら、経理室に山崎が入ってきた。

山崎はまっすぐに沙名子のもとへ向かってくる。なぜだ。真夕か涼平へ行けといつも思う。

「森若さん、久しぶりですね」

山崎は言った。今日は外回りがあったのか、ワイシャツの上にベストを着ている。

「そうでもないです。出張は東北——来週ですね。領収書のほうは会議費になるので、お相手の会社名と名前をお願いします」

「んー誰だったかな」

山崎は自分の出した領収書を見て首をひねっている。

「山崎さん、東北へ行かれるんですか？」

涼平が尋ねた。

「はい。部長と山野内さんと一緒に行きます。ついでに温泉入ってきますよ」

「温泉か……。いいですね」

「そうですね。楽しい仕事です。――森若さん、ちょっとお尋ねしたいことがあるんですが、今度飲みに行きませんか?」

沙名子は山崎を見た。

山崎は少し背をかがめ、領収書にペンを走らせている。最後の言葉は声を低くしたので、真夕と涼平は気づいていない。こんなところで何を言うのだ。

はっきりと断ってもよかったが逡巡《しゅんじゅん》した。山崎は領収書に名前を書き終わり、沙名子に差し出す。

「――わかりました」

「やった」

山崎は笑った。思いがけず無邪気な笑顔である。長い前髪がさらりと揺れる。


太陽に連絡をするべきかどうか、行く寸前まで沙名子は迷っていた。

太陽は彼氏だからして、山崎と食事をするなら言っておくのが礼儀のような気がする。しかし太陽のほうはそう思っていない。当然のように元カノとランチを食べ、取引先や同僚と食事をする。以前に山崎と食事をすると連絡をしたときは太陽からふーんと返ってきた。自分の言動は棚にあげてなぜ沙名子を責めるのか。それはそれで理不尽である。

山崎は沙名子が太陽と交際していることを知っている。なぜ知っているのかは謎だが。

もうすぐ太陽の誕生日である。沙名子は有給休暇を週末につなげて取り、ふたりで会うことになっている。せっかくの誕生日の前にしこりを残したくない。

結論として沙名子は太陽には連絡しなかった。自分にあれこれと言い訳をしながらひとりで待ち合わせ場所へ向かっている。以前に一回食事をしたことのある割烹《かっぽう》寿司店である。出入り口から少し離れたビルの壁際にスーツ姿の山崎が立っているのが見えた。ちょうど約束の時間になるところである。

沙名子が近づいていくと、山崎はにこりと笑った。

「お店に入っていると思いました」

「外で待っていたかったんです。ぼくは遠くから人を見るのが好きなので」

山崎は慣れた様子でのれんをくぐった。沙名子は恋人同士に見えないように、少し離れて山崎に続く。

「わたしに尋ねたいことというのは何ですか」

「何にしようかな」

山崎は楽しそうに言い、毛筆で書かれたメニュー表をめくった。

「森若さんが話したがっているような気がしたものだから。今は社内が不安定ですから、誘ったら応じてくれるかなと思ったんです。ぼくにとってはチャンスでした」

「──わたしは山崎さんの営業先ではありません」

沙名子は言った。

山崎はわからない男である。計算ずくで動いているのかと思えば、意外と衝動的だったり感傷的だったりする。一緒にいるとペースをくるわされるので離れていたいのだが、共闘のようなことをしたために妙に仲良くなってしまった。

腹が立つのは、沙名子が山崎のことを嫌いではないことだ。認めないわけにはいかない。穏やかで頭の回転が速くて、話していて楽しいのである。

「もちろんです。同じ会社の社員らしく、気持ちよく一杯飲んで帰りましょう」

山崎は何種類かの海鮮のつまみと日本酒を注文した。それだけのわけがない。沙名子は様子をうかがいつつ、そろそろと口に出す。

「不安定というのは、営業部内で何かあったんですか？」

営業部だけでなく、天天コーポレーションの全体が落ち着かないというのは少し前から感じていた。沙名子をはじめ、あちこちで昇進や異動があった。格馬は勇太郎とゴルフに行っている。吉村部長は格馬と反目し、女性社員たちを食事に誘っている。鎌本は以前にも増してイライラし、亜希は鎌本を無視してトナカイ化粧品出身の涼平たちとの結束を強めている。変わらないのは美月くらいである。

「もちろんあります。採算の取れない企画が統廃合されましたからね。営業部全体では楽になったけど、政争に敗《やぶ》れた側というのは焦るものです。新島《にいじま》さんはさっさと尻尾《しっぽ》を切って逃げたけど、吉村さんはファイターだから」

「円城格馬社長が、吉村部長を辞めさせたがっているということですか？」

「本音を言えばそうでしょうね。前社長の手前、切れないだけで。新島さんと一緒に株を買い占めるところまで行ったら情勢が変わったんだけど、森若さんが止めるから」

「あの場合は仕方ありませんでした。瀬戸際だったので」

「残念ですね。ぼくは吉村さんに天下を取ってもらいたかった」

ガラスのとっくりに入った日本酒が来た。山崎は当たり前のように沙名子の前にぐい飲みをひとつ置き、自分のものと続けて注ぐ。

「格馬さんの経営方針は明らかです。お茶を出さないだの女性の管理職を増やすだのから手をつけて、成果主義、能力主義に近い方向に舵《かじ》を切るんじゃないですかね。社員の福利厚生に力をいれてくれるのはありがたいけど。採算の取れない温泉旅館との取引を終わらせるかもしれません。出張にかこつけて遊ぶこともできなくなる。困ったもんです」

日本酒に口をつけながら山崎は言った。

沙名子は美月とお茶を飲んだときに聞いた愚痴を思い出す。

格馬は朝食を妻と食べられないだけで拗ねて、美月は俺のことを愛していないのかとLINE《ライン》を送ってきて、呆《あき》れて放っておいたらその日の晩にごめんと謝ってきた、などということを教えたいが教えてはならない。天天コーポレーションのトップシークレットである。

「山崎さんは社長の方針に反対なんですか」

沙名子は尋ねた。山崎はドライなので、合理的な格馬の方針に反対なのは不思議である。目の前に生雲丹の造りとあん肝《きも》のポン酢和《あ》えが置かれる。なぜ山崎は沙名子がこういうものを好きだと知っているのか。

山崎は眼鏡の奥の目を細めた。

「すべてではないけど反対です。ぼくは吉村部長と同じ、古いタイプの営業マンなんですよ。人間は機械じゃない。掛け合わせて変化が起こるから面白いんです。特に営業は何が功を奏するのかわからない。だからいろんな人間をストックしておくわけです。優秀な人以外生き残れなくしたら、つまらない会社になると思います」

山崎が仕事に対する哲学を話すのは珍しい。天天コーポレーションが成果主義になったら、山崎は瞬《また》く間に出世して給与も上がると思うのだが。

「――まあ、こういうことを考え始めたのも最近なんですが」

沙名子の視線を受けて、山崎は少し照れくさそうに目をそらした。店員を呼び止め、鮪《まぐろ》の握りを注文する。

「研究者になる道は諦《あきら》めましたか」

「吉村さんが社長になったらやらせてくれたかなと思うんですけど。未練かな。手に入らないものを欲しくなるっていうのはダメですね。幸せになれない」

「山崎さんが幸せになりたがっているとは思いませんでした」

「ぼくもぴんと来ませんね。自分が幸せになるっていうのは。人の幸せの手伝いをするのはけっこう好きなんですが」

「だから山野内亜希さんを幸せにしてあげた？」

沙名子は言った。

店員がテーブルに数種類の寿司を置いた。山崎は日本酒を一口飲んで沙名子に向き直る。

「山野内さんから聞いたんですか？　彼女は言わないと思ってたけど」

「いえ、鏡さんからです。東北の温泉の入浴剤を作った際の担当者を紹介してもらって、入浴剤のサンプルを希望したそうですね。稟議書の内容は山野内さんから聞いていたものと違いました。内容も短期間のわりには具体的なので、山崎さんが東北回りのフォローをしていたのではないかと思って」

沙名子は言った。

亜希の稟議書は温泉と百貨店と駅の特設会場のことが中心だった。スーパー、ドラッグストアなどに販路を広げたいと最後に一行あったきりである。亜希が熱く語っていた、スーパーの社長への営業は成功しなかったということになる。

「そうですね。ぼくは出身が東北なんです。あっちのルートは考えていたんですが、面倒なので放っておいたんです。山野内さんが行くならついでにやってもらおうと思って、話をしておいたんです。彼女なら成功するでしょうからね。当たりました。よかったです」

山崎は嬉しそうに言い、ガラスのぐい飲みを口に運んだ。

「うちは地方の温泉地で評判がいいんですよ。鏡さんの温泉入浴剤のシリーズのおかげです。鏡さんから担当者を教えてもらって、電話で営業しました。雑談してたら特設会場を開く予定があるっていうから、割り込めないかなと思って。山野内さんに興味がないようだったら自分で行くつもりだったけど、教えたらすぐに興味を示してくれました」

「営業部では、山野内さんがひとりで勝ち取ったことになっていますね」

「足を運んだのは山野内さんですから。ぼくはおまけです。スーパーのほうは難航しているようだけど、そのうち決まるでしょう」

「おまけがメイン担当になったら余計な恨みを買いますよ」

「だから担当はやりたくなかったんだけど、吉村さんがうるさくてね。それだけ山野内さんが警戒されているってことです。今回の手柄はわたしのものってことでいいんですね？　と何回も念を押されました。手柄とかね。野心家ですよね」

山崎は相変わらずだった。プレゼンは得意だが、取引が始まったらその先は人に任せたがる。手にいれたら興味をなくすのだ。不幸な体質である。

「――営業部で――あるいは社内で、三年以内に何かある、ということがありますか？」

沙名子が尋ねると、山崎は少し首をかしげるようにして沙名子を見た。

「三年？　わからないな。そんな話がどこかで出ましたか」

「ちょっと気にかかったんです。山野内さんが、経理部の岸さんに三年以内に経理部の主力になれって言っていたものだから。杞憂《きゆう》だと思いますが」

「森若さんが気にかかったことは当たる確率が高そうですね」

山崎はつぶやいた。残りの日本酒を沙名子と自分のぐい飲みに注ぐ。透明な酒が切子《きりこ》のガラスに映えてきらきら光る。

飲まないでいようと思ったがつい飲んでしまった。沙名子は諦めて残りの寿司とあん肝にかかる。こうなったらゆっくりと味わうしかない。

「森若さんは、格馬社長と吉村部長、選べと言われたらどちらにつきますか」

山崎が質問した。真正面から訊《き》かれるとは思わなかった。

「わたしは経理部なので、誰かにつくということはありません。おそらく新発田部長も、田倉さんも、ほかの人もそうです。つきようがないんです。誰かに有利になるように仕事をするということは、数字を改ざんすることになるので」

沙名子はゆっくりと答えた。

厳密には違う。改ざんをせずにどちらかに有利になる数字を出すことはできる——おそらく勇太郎なら沙名子の考えつかない方法を知っている。しかし、やるつもりがないならできないのと同じだ。勇太郎もそうだと沙名子は信じている。

「中立ってことですか。同期の鏡さんは格馬さんの配偶者だけど」

山崎は少し意外そうに言った。

「経理部員として判断を求められたら、より収益が上がると思われるほうを推します」

「なるほど。吉村さんは森若さんを買っているから、こっちへ来てくれたら嬉しいんだけどな。女性活躍のアイコンにもなるし。村岡さんみたいに、どっちにも行けるように両足をかけておくっていうのも手ではあるけど」

「そういうのは勘弁してください。苦手なんです。聞かなかったことにしておきます」

沙名子は言った。

一匹狼《おおかみ》を気取っていても、意識しないといつのまにか群れに溺《おぼ》れそうになる。勇太郎も、誰の助けも要らなそうな山崎ですらそうだ。

ガラスのとっくりがひとつ空になったところで料理は終わった。半額分の千円札を無理矢理渡すと、山崎は苦笑した。

「これからたまに飲みませんか。太陽には内緒でもいいし、報告してもいいですから」

駅に向かって歩きながら山崎は言った。

今日初めて太陽の話題が出た。少し酔いが覚める。沙名子と太陽がつきあっているのを知っているからといって、山崎は誰にも明かさないだろうが。

「なぜ？」

「ぼくは話し相手が欲しいんです。仕事でもなく恋愛の相手でもなく。森若さんもそうじゃないかな、って思っているんだけど」

山崎が話し相手を欲しがるなどと信じられない。いつもどこかで喋っているのではないのか。本当なら、その相手になぜ沙名子を選んだのか。

「――ダメです」

「そうですか。あれで太陽は厳しいんですかね」

山崎は独り言のようにつぶやいた。長い前髪が眼鏡に落ちる。街灯に照らされた頬《ほお》がほんのりと赤くなっている。こういう顔に騙《だま》されてはならないと沙名子は自分に言い聞かせる。沙名子は山崎を満たすことはできない。

太陽に会いたいと思った。今から新幹線に飛び乗って、彼の部屋に行きたい。営業部が不安定になっているのは、あの明るい男が消えたからだ。


「――柊一」

天天コーポレーションの裏の通りを歩いていたら、声が聞こえたような気がした。

沙名子は足を止めた。平日の午後――本社から歩いて十分の場所である。郵便物を出すついでに少し遠回りをした。真夕のようにコーヒーを買おうとは思わないが、天気がいいと歩きたくなる。

声がしたのは道の角にある小さな煙草《たばこ》店だった。喫煙所を兼ねていて、数人の男女が店の前に立って喫煙している。

そういえば今年に入ってから天天コーポレーションは社内にあった喫煙室を廃止したのだった。喫煙者は困るだろうと思っていたが、こんなところで喫煙していたのか。

柊一――と耳が拾ったのは、山崎柊一について考えていたからだ。他人を幸せにすることはできるけれど、幸せになれない男。触れたものを黄金にする飢《う》えた男。

山崎は喫煙者ではないはずだが、営業相手に合わせることもあるのかもしれない。沙名子はそろそろと足音を忍ばせる。煙を立ち上らせる煙草を持った吉村部長と、山崎が見えた。

相手が吉村部長だとは思わなかった。沙名子は思わず足を止める。

「――何を考えてる、柊一」

吉村部長はぼそりと言った。ふたりでいるときは山崎のことを下の名前で呼ぶらしい。初めて知った。これまでも喫煙所で密談を交わしてきたのか。

「ぼくは全部、吉村さんに伝えているつもりですよ。足りませんか」

山崎はいつもと同じ、涼しい声で言った。

「言ってない」

吉村部長は苛立っていた。乱暴に灰皿で煙草をすりつぶす。山崎は煙草を持っていない。ポケットに手を入れ、つまらなそうに遠くを見ている。

少し離れた歩道にいる、沙名子と目が合った。

沙名子はきびすを返そうとしていたところだった。山崎は沙名子を見つめ、かすかに笑った。

「どうした」

「いえ」

吉村部長が尋ね、山崎は知らないふりをして前を向く。沙名子はふたりに背を向け、会社に向かった。


「出張伝票いいですか？　急なんですけど」

沙名子が経理室にいると、ドアが開いて亜希が入ってきた。

亜希は涼平のところへ歩いていく。涼平はファイルから顔をあげ、ＰＣに向かう。

「東北ですか？」

「アポが取れたので、明日の朝一番に行きます。おかげでこれからあちこちを回らないといけません。今度こそ頑張ります」

涼平が出張伝票を受け取り、内容をチェックしている。

亜希は黒のパンツスーツにスニーカーを履いていた。これからルーティンの外回りに行くとなると、帰ってきたら定時を過ぎる。そして明日の早朝から東北へ出張。お疲れさまですと心から言いたくなる。

「山崎さんと一緒なんですね」

出張伝票を見ながら涼平が言った。亜希はうなずいた。

「担当をふたりにしてくれたってことは、吉村部長が評価してくれてるってことでしょう。問題はないですよ。ありがたいくらい」

「そうなんでしょうけど」

涼平は腑に落ちないという顔をしている。亜希は、特設会場の件は山崎が取ったものだとは言わない。山崎の許可を得ているのでフェアである。

ふたりともに意図が読めないが、相性がいいような気もする――と考えていると、経理室に山崎が入ってきた。

「出張伝票――あ、山野内さんもですか」

山崎は言った。手には伝票とスーツの上着を持ち、あとは帰るだけという格好をしている。これからどこかへ行って直帰するのだろう。

「はい。山崎さんには急に同行をお願いしてしまって。ありがとうございます」

亜希はにっこりと笑った。

「いえ、吉村部長はこういうのよくあるんです。ぼくに何も予定が入ってなくてよかったです。明日、よろしくお願いします」

眼鏡の奥の目はいつものように穏やかだ。向かいにいる真夕はペンスタンドに立ててある鋏《はさみ》をじっと眺め、何かに耐えている。

「こちらこそ。わたしは楽しみにしているんですよ。山崎さんは天天コーポレーション営業部のエースですから。いろいろ教えてください」

「ぼくが山野内さんに教えることなんてありませんよ。——森若さんは、明日はお休みを取られるんですね」

経理部のホワイトボードを見ながら山崎が尋ねた。

「はい。有給休暇です。夏休みをいただいたばかりで申し訳ありませんが」

沙名子は事務的に答えた。

「明日は快晴かな。太陽は出ますかね」

「どうでしょうね。伝票はＯＫです」

沙名子は山崎に東北新幹線のチケットを渡した。亜希と山崎は肩を並べて出て行く。

明日の営業は成功するだろうと沙名子は思った。このふたりにすすめられれば、何であっても承諾してしまうに決まっている。天天コーポレーションにとって実に良いことである。沙名子は安心した。

第二話

予定調和は嫌いです！

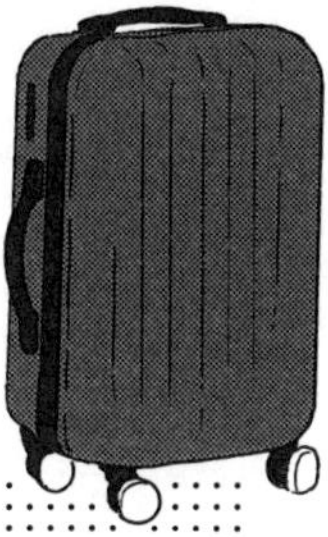

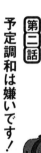

少し開けた窓の隙間《すきま》から、夏の空気が入ってくる。

「光星《こうせい》くんは車貸しましょうかって言ってくれたんだよね。光星くんマジいいヤツ。大阪いいところだわー」

太陽《たいよう》はカローラの運転席で楽しそうに言った。着古したデニムにスニーカー、黒いTシャツを着ただけの太陽は、スーツを着ているときよりも子どもっぽく見える。

八月の下旬——太陽の誕生日である。今年は沙名子《さなこ》は有給休暇、太陽は遅い夏休みを取り、ふたりで旅行へ行くことにした。京都で落ちあってレンタカーで奈良を巡ったのち、温泉地に泊まる。沙名子にとってはありがたい。奈良の神社仏閣《ぶつかく》は行ってみたかったが巡るとなると交通の便が悪いので、行けなかったのである。

「人から車を借りたら気をつかうでしょ」

「だよなー。傷つけるのが怖くて借りられないよ。光星くん、休日は六甲《ろっこう》に走りに行ってるんだって。どうりで運転がうまいと思った。行きと帰りで運転分けてるんだけどさ、高速飛ばすから、疲れてるときは俺がしてる」

太陽は車に乗ってからずっと近況を喋《しゃべ》っている。長く会わないと言うべきことがたまってくるのか。相槌《あいづち》を打つだけでいいので楽だが、よく疲れないものだと感心する。

太陽は大阪営業所で、後輩の男性と組んであちこちを回っている。相性がいいようで楽しそうだ。もっとも太陽と相性の悪い人間はめったにいないが。

「ふたりで行くときは後輩が運転するのが営業部の決まりなんだと思ってたわ」

「そんな決まりないよ。鎌本《かまもと》さんが絶対に運転しないマンだっただけ。俺は車持ってないから、仕事くらいハンドル握らないとね」

太陽は京都駅で会ったときから機嫌がよかった。誕生日おめでとうのＬＩＮＥ《ライン》やメールがたくさん来ているらしい。自分の誕生日を無邪気に喜べるのはうらやましくもある。

二十九歳か――と沙名子はしみじみと思う。去年は太陽のリクエストでエビフライを作った。今年は旅行である。なんとなく誕生日には残るものをあげたくない。昼食の柿《かき》の葉《は》寿司《ずし》は美味《おい》しかったし、明日まで一緒にいられるだけで十分だ。

太陽はそんなことを考えてもいないようだ。沙名子はつきあって一年目の誕生日にはマグカップ、去年はネックレスをもらった。クリスマスプレゼントは同じブランドのイヤリングだった。

太陽は沙名子がピアスの穴をあけていないこと、イヤリングを買おうかどうか迷っていたことに気づいていた。見ていないようで見ている。計算しているのか無意識なのか。このあたりは交際して二年経《た》ってもわからないが、最近はわからなくていいような気もする。

貴金属を贈ろうと思ったら自分で選ばず、売り場に連れていくのが太陽のいいところだ。

「山崎《やまざき》さんは?」

沙名子は尋ねた。

「山崎さんも運転うまいよ。あの人は普通の人に見えないもんが見える。——ていうかなんで山崎さん?」

太陽はふと真顔になり、沙名子は慌てた。

「山崎さんには外回りをしているイメージがないから、どうかと思ったの。太陽がいなくなってから販売課の人数が増えて、ちょっと雰囲気が変わったのよね」

「合併があったからな。元トナカイの山野内《やまのうち》さん、けっこういいらしいじゃん。立岡《たちおか》さんは大阪来たときに凹《へこ》んでたよ。営業成績抜かれたとかで。立岡さんて、自分から運転代わるって言ってくれる唯一の先輩なんだけどなあ」

沙名子は笑った。立岡は、押しの強い営業部販売課の中では珍しく控えめな男である。吉村《よしむら》部長もわかっているのか、毎年のキャンペーンや売り上げ管理などの地味だが煩雑《はんざつ》な業務を担当させている。伝票を正確に出すので、経理部としてはいい社員だ。

「うちの営業はルーティンだから、抜かれたといってもそんなに差はないでしょう」

「そうだけど、立岡さんは結婚したがってるからね」

太陽はさらりと言った。

「――そうなんだ」

「立岡さんて不器用なんだよなあ。もっと力抜けばいいのに。営業成績悪くたって、結婚したいならすればいいじゃん。そう言ったら落ち込んじゃって。社内恋愛だからかな。千《ち》晶《あき》ちゃんはそういうの気にするタイプなんかね」

太陽は首をひねっている。立岡の恋人の千晶は営業部の広告課にいるのだ。公然の秘密というやつである。

結婚するのと営業成績は関係ないのか。太陽は結果を残したがっていると思っていたが違うのか。社内恋愛だから何なのだ。この話は広げたくない。

「きっと当事者じゃないとわからないことがあるんでしょう。――あ、温泉まであと二十キロって出た。夕方までにつけるかな」

「マジか。意外と早いな」

「ついたら散歩したいな。歴史ある温泉街って好きなの。夕食はけっこう豪華だよ」

「楽しみだなー。温泉って仕事でたまに行くけど、沙名子と一緒って初めてだし」

太陽は機嫌よくハンドルを握り直した。

夕食のあとに誕生日おめでとうのケーキが運ばれてくる予定である。太陽は喜ぶに違いない。わかりやすい男である。言葉の裏を読む必要はない。

沙名子はネックレスに触れ、営業部の販売課と広報課の社内恋愛カップル――立岡と千晶のことを思い出す。千晶は三十歳――沙名子と同じ学年である。正社員になったばかりで忙しそうだが、まだ結婚願望はあるのだろうかと考えた。

「――森若《もりわか》さん、領収書お願いします」

休み明けに紅茶を飲みながらメールをチェックしていると、経理室に千晶が入ってきた。

室田《むろた》千晶は営業部広報課の女性である。もとは契約社員だったが去年の秋に正社員になった。本人もやりがいを感じているようで、精力的に広報課の仕事をしている。

雰囲気が変わったように見えるのは髪を切ったからか。耳に大きなフープのピアスをしている。ピンストライプのシャツと紺《こん》色のスカート、ベージュのパンプス。爪《つめ》にはピンクベージュのネイルが施《ほどこ》されている。清楚《せいそ》なオフィスカジュアルから、いかにも働く女性といった雰囲気になった。

経理室には沙名子と新発田《しばた》部長しかいなかった。真夕《まゆ》と涼平《りょうへい》は総務部、美華《みか》は分厚いファイルを持って会議室に詰めている。

沙名子は書類から目を離し、千晶から領収書を受け取った。

「動画撮影用の衣装代と、手土産《てみやげ》代ですね」

　ワンピース六万九千円。用途は、新しい手洗い動画の撮影のため。購入店は東菱《とうびし》百貨店の中にあるブランドショップである。お菓子は同じ百貨店の中にある洋菓子店、五千五百円と三千三百円。合計七万七千八百円。

　書類に不備はなかった。沙名子は領収書と経理ページを照らし合わせ、千晶に目を走らせる。

「ＯＫですか？」

　千晶はうかがうような目をしている。

　よく見る表情、好きではない顔だなと思った。こっそりと私物の領収書や個人の飲食代を紛《まぎ》れ込ませているとき、領収書にどこか後ろ暗いところがある社員の表情だ。これは通るかな？　ダメもとで出してしまえ――という台詞《せりふ》まで聞こえてきそうである。

　衣装代六万九千円。お菓子代八千八百円。高いのか安いのか、沙名子には判断できない。あちこちで流す動画で、量販店の服を着るわけにもいくまい。課長の織子《おりこ》と部長の吉村の決済は下りている。

「書類に問題はありません。こういう動画で出演するのは皆瀬《みなせ》織子さんだと思っていました。今回は室田さんなんですね」

沙名子が言った。

石鹸《せっけん》の手洗い動画は数年前に広報課が撮ったものがある。広報用の数分のものだが、ドラッグストアや銭湯《せんとう》、あちこちの工場などで流してきた。最近になって撮り直すことになったのは、感染症の予防に注目が集まっているからだ。天天《てんてん》コーポレーションでは去年から手洗い推奨キャンペーンに力をいれていて、会場で動画を流している。

千晶はうなずいた。

「今回はわたしって言われました。織子さんはメディアの出演もありますし、お忙しいので。これから少しずつ担当を課員に割り振っていくんだと思います」

千晶の声には隠しきれない誇らしさがあふれている。

千晶の上司である織子は、沙名子と千晶よりも十歳年上の女性である。入社してから広報ひとすじで、現在は広報課長。美貌《びぼう》と話の面白さを活《い》かし、テレビや動画に出たり、イベントの司会をしたり、入社希望の学生の案内をしたりする。

現在、広報課は織子を含め四人だが、表に出る部分は織子に任せきりになっている。取材を受けたり、動画に出演したりする後任として、千晶は適任である。明るくてはきはきとしているし、何につけても気が利く。

「わかりました。動画撮影は来週の火曜ですね」

「そうです。制作会社の人に来てもらって、ショールームで撮ります。わたしはこういうの初めてだから緊張しちゃう」

「室田さんなら大丈夫ですよ」

「それならいいんですけど。——なんだか嘘《うそ》みたいですね、去年のことを考えると。その節は森若さんにもお世話になりました」

千晶は言った。

沙名子は自分は千晶の世話をしていただろうかと考える。そういえば千晶が契約社員だったときに、経費の精算について注意をした。正社員になってからは何やら愚痴《ぐち》を聞かされている。そのことだろうか。

「わたし、森若さんと同い年だし、なんだか親近感があるんです」

「そうですか。——領収書はＯＫです」

沙名子は言った。千晶は何かを話したそうに口を開きかけたが、真夕と涼平が入ってきたので黙った。

「はー、すみません涼平さん、ファイル全部持たせちゃって！」

真夕は涼平のデスクに労務管理のファイルを積んでいる。

「これからもよろしくお願いします」

千晶はぺこりと頭を下げ、経理室を出ていった。

千晶が経理室からいなくなったあと、沙名子はいつものように領収書と経理ページのデータを照らし合わせて確認した。間違いはない。千晶は事務作業が得意である。

承認ボタンを押そうとし、ふと止まる。

これまでに似たような衣装代の処理を何回かしたことがあると思った。申請者は皆瀬織子だ。

織子はメディア出演のたびに服を買う。ついでのようにお菓子を買い、何かの備品を買う。

営業部長から承認を得ているとはいえ、経費で買った衣装をプライベートで着ているのは何回も見ている。そちらのために買ったのではないかと思えるものもある。洋服というのは高価なものを買おうと思えば際限がない。

千晶が同じことをしているというのは意外だ。千晶は織子とは違う。どうせ自分のお金ではないから、自分は給料以上に会社に貢献しているからと経費をたくさん使うタイプではない。

千晶は契約社員だったとき、ショールームのインテリアの代金を自分で払っていたことがある。正社員ではないので経費のことを言い出せなかった、評価をもらうためなら多少の出費はかまわないと判断したのかもしれない。費用を自腹で払うのは謙虚さの表れで、いいことだと思っていた節もある。

――と、そこまで思っていた千晶が、六万九千円の衣装代の申請か――。

沙名子は千晶のフープのピアスを思い出す。織子がよくつけているものに似ているような気がした。広報課でキャリアを積もうと思ったら、派手になるのは致し方ないことなのか。

千晶については、頭では理解できるのだがひっかかる、というようなことが多い。織子のように堂々としていないからかもしれない。

とはいえ不備がない以上、経理部員としては認めるしかない。

「――次の手洗いブース動画、千晶ちゃんがやるみたいですね」

承認ボタンを押していたら、真夕が話しかけてきた。ひととおりのやり方を涼平に教え終わり、マグカップにインスタントコーヒーを作っている。経理部としても、半期決算前のわずかにのんびりできる時期である。

「そうみたいね。適任だと思う」

沙名子は言った。

真夕は広報課にいたことがあるので、ほかの社員よりも千晶と近い。そのわりにあまり親しくない——苦手なようだ。真夕にしては珍しい。同じ人当たりがいいのでも、真夕と千晶では少し違う。

「向いてるとは思うけど、大変ですよね」

真夕はマグカップをデスクに置きながら、しみじみと言った。

「そう？　けっこう楽しそうだったよ」

「楽しそうではあるけど。織子さんの後任ですよ。プレッシャーすごいです。あたしだったらできなかったと思います。向き不向きあるんですよ、こういうの」

「あれ、佐々木《さ さ き》さんさっき、経理部は向いてないって言っていませんでした？」

涼平がファイルの山から顔をあげて口を挟んだ。

真夕ははっとしたように涼平を見る。

「そういえばそうだった。ずっと向いてないって思ってたけど、経理はなんとかやれてますね。ひょっとしてあたし、広報もやればできたりして」

「それはない。真夕ちゃんは経理部にいてもらわないと。めちゃくちゃ向いてるから大丈夫」

沙名子は慌てて言った。涼平も入ったことだし、これからは真夕に戦力になってもらわないと困る。ただでさえ新発田部長に、異動があるかもしれないとほのめかされているのである。

真夕は笑い、少し照れくさそうにマグカップのコーヒーを飲んだ。

「森若さんがそう言ってくれるなら頑張ります。広報って勘とかセンスとかがないと厳しいけど、経理は勉強すればなんとかなるので。最近、経理部じゃポンコツからポンくらいに進化した気がしていて」

「むしろ車検から帰ってきたてって感じよ」

「やっぱり車検は大事ですよね」

「何の話してるんですか」

涼平が呆《あき》れたように言った。沙名子は苦笑し、仕事の続きにとりかかる。

沙名子が二階の企画課に伝票の確認のために入ると、声が聞こえてきた。

「――商品ＰＲは広報の基本よ。そこは細かくチェックしなきゃダメでしょう」

声は広報課長――織子だった。アナウンサー顔負けのよく通る声で、隣のフロアにまで聞こえてくる。営業部のフロアは壁がなく、それぞれの課はロッカーとパーテーションで仕切られている。

デスクに座った希梨香《きりか》が沙名子に目をやり、かすかに首を振った。

「でも織子さんが、向こうにはシナリオライターがいるから、適当でいいって……」

か細く反論するのは千晶の声である。かぶせるように織子が言う。

「そりゃ言ったわよ。でも外せない部分はあるでしょう。なぜ天天石鹼っていう言葉がないの。これじゃ他社のハンドソープだよね。うちは固形石鹼の会社なの。それからこの絵コンテ、どう見ても液体ソープを使ったって同じになっちゃう。千晶さん、わかってるよね。ずっとショールームにいたんだもの。本当に絵コンテちゃんと見たの？」

「そこはおかしいなって思いましたけど、向こうから、これで決定稿にしたいって連絡があったので。撮影は来週なので、やり直させる手間を考えると」

「急いでいるから決定にしたいって言われたらなんでも従うの？　だったら確認する意味がないじゃない」

「撮影当日に言えばいいと思って……。織子さんはよく当日に、ナレーションの変更点とかを言っているから……」

「当日になって気づいたことは当日に言えばいいわよ。でも前日までに気づいたことを当日まで持ち越すことはないでしょう」

　織子の叱《しか》る声は企画課の全体に聞こえてくる。希梨香をはじめとして雑談好きが多い企画課員は、気圧《けお》されるように黙って仕事をしている。

「なんかね、手洗いブースの動画撮影で、制作会社側で間違いがあったらしくて」

　希梨香が沙名子にささやいてきた。

「――大丈夫だったの？」

「さっき織子さんが直させたみたいです。千晶ちゃん最近、洋服とか髪とか何にしようってそればっかり言ってましたからね。そんなのよりもシナリオチェックのほうをちゃんとやれよって織子さんが怒ってるんですよ」

　希梨香は意味ありげに左右を見渡し、声をひそめた。

「織子さん、ちょっとピリピリしてるんです。社長に言われて後任を育てることになったけど、本当はまだ自分がやりたいだろうし。今、私生活がゴタゴタしてるじゃないですか、そういうのもあると思う」

「――なるほど。伝票の確認お願いします。売り上げ別表二の数字が間違っているので。付箋《ふせん》の通りに直してくれればいいです」

　沙名子が話題に乗らないので希梨香は一瞬唇を尖《とが》らせたが、そのタイミングで広報課で人が動く気配がした。

「えー違ってましたか。すみません」

希梨香がわざとらしく伝票の上にかがみ込む。

ロッカーの前にいる織子が見えた。大きなストールを取り出している。織子は衣装用のロッカーを持っていて、そこに私物も入れている。

織子のうしろには千晶がおろおろしたように立ち、すみのデスクの前には男性ふたりが座っていた。広報課は女性ふたり、男性ふたりなのだ。主任の野須《のす》は織子の剣幕には慣れているのか、平然と自分の仕事をしている。

「撮影用の服のことはすみません、織子さんが承認してくれたからいいと思って。経理部に行って、データを削除してもらいます」

千晶は泣きそうな声で言っている。織子は呆れたように千晶のほうを向いた。

「そういう意味じゃないの。使わないかもしれないけど、せっかく買ったんだから取っておきなさい。これから何かに使えるかもしれない。ていうか使って。さっきから何回も言ってるけど、わたしは高い衣装について怒っているんじゃないの」

「使わないかもしれないって……」

「撮影の出演なんて、できる人がやればいいの。誰も出演者の服になんて注目しませんよ。

そんなことよりネイル落として。手のアップがあるって知ってるでしょ。うちの石鹸を使う人が、ネイルしていると思う？」

「はい……」

千晶はうつむいて自分の手を見つめる。織子はバッグを肩にゆすりあげ、てきぱきと言った。

「室田さん、自宅にダウンロード環境あるよね。シナリオの修正案が来るのは今日の夜だと思うから、チェックして可否を返信してください。夜に家で仕事させて悪いけど、リモートワークの申請システムか何か使って。メールの返信にはわたしのアドレスもつけてね。――野須、新発売の天天石鹸のパンフレットできてたっけ。あるなら持っていくわ」

「ありますよ」

「ありがと。――今日は直帰だから、あとはよろしくね」

織子が広報課のスペースから出てきた。企画課の人間全員が慌てたように目をそらす。首の周りにストールを巻き、大きなバッグを持っている。ストールの上で金色のロングピアスがきらりと光る。織子は不機嫌そうに前を向き、早足で営業部のフロアを出ていった。カツカツカツという靴音が廊下に響き渡る。

織子は怒っているときも美人なのだなと思った。千晶はうちのめされたように立ち尽くしている。誰も声をかける社員はいない。

沙名子がロッカールームに入ると、壁にかけてあるドレスが目に飛び込んできた。色は光沢のある青、袖《そで》と襟《えり》元のカッティングが綺麗《きれい》である。シンプルだが仕立てが良さそうなワンピースだ。ソファーの上には希梨香と真夕がいて、お菓子を食べながら化粧を直している。希梨香が興奮ぎみに喋り、真夕がうんうんと聞いている。

沙名子はロッカーから私服を出し、部屋のすみのカーテンで仕切られた空間に入る。

「だからね……千晶ちゃんが……」

着替えていても声は聞こえてくる。

察するところ、希梨香が真夕に昼間の話をしているようだ。希梨香の噂《うわさ》好きは相変わらずだ。あのあと営業部内では、しばらく織子と千晶の話で持ちきりだったのに違いない。

こういうときはさっさと帰るに限る。沙名子は着替え終わると制服を紙袋に入れ、バッグを持った。金曜日なので、制服を自宅近くのクリーニングに出す予定である。

「──ね、あのとき森若さんもいましたよね。今日の昼間のこと」

ロッカーの前にいると、希梨香が待ちきれないように話しかけてきた。

「何だっけ」

「織子さんですよ。千晶ちゃん、手洗い動画やると思う？　あたしは織子さんがやらせないと思うなあ。けっこう嫉妬《しっと》深いんですよ。あんなドレスまで買ったのに、千晶ちゃん可哀相《かわいそう》」

絶対に可哀相だと思っていない口調で希梨香は言った。

「このドレス、室田さんのものなのね。綺麗ね」

沙名子はとりあえず、あたりさわりないことを言った。

「でしょう？　でも織子さんには着られませんよね。どう見てもアラサー向けだもん。織子さん、これ見てカチンと来たんじゃないかなあ」

「希梨香、織子さんてそういう人じゃないよ」

「真夕は織子さんが怒っているところを見ていないから言えるんだよ」

「いやあたし、広報課にいたときに何回も怒られてるから。見なくてもわかるよ」

あのドレスが千晶の撮影用の衣装ではないかというのは見当がついていた。

千晶は織子のように専用の衣装ロッカーを持っていない。ロッカールームのロッカーは奥行きが狭いので、繊細なドレスを入れたら皺《しわ》になってしまう。千晶でなくても、退社後にどこかへ行く人が壁に私服をかけておくことは珍しくない。

「真夕がいたときは織子さん、旦那《だんな》さんとラブラブだったじゃん。今は離婚寸前だもん。事情が違うよ」

「変わらないと思うけどなあ」

真夕が言葉を濁《にご》していると、ロッカールームに人が入ってきた。総務部の玉村志保《たまむらしほ》である。志保は壁にドレスがかけてあるのを見て顔をしかめ、じろりと希梨香を見た。

「それ、言っとくけどあたしのじゃないよ。第一、ロッカールームに何を置こうが自由でしょ」

希梨香がすかさず言う。志保と仲が悪いのである。

「そうですか。でも、こんなところに派手な私服をかけるのってどうなんだろう」

「私服じゃないですよ。会社の備品です」

沙名子は思わず口を挟んだ。志保は口調がぶっきらぼうなのと、何かにつけ文句を言いたがるので反感を買いやすいのだが、悪い人間ではない。本人としては文句のつもりもないのかもしれない。

「──備品？」

「来週の、広報課の手洗いブースの撮影で使う衣装だって。千晶ちゃんの」

真夕が言った。

「──そうですか」

志保がロッカーを開けてバッグを取り出している。さらに総務部の女性が入ってきたので、希梨香が目を輝かせる。

「じゃお先に」

「あたしも行きまーす」

沙名子が言うと、真夕がすばやく化粧ポーチをしまい、ソファーから立った。

沙名子に続いてロッカールームを出てくる。真夕も内心では噂話に辟易《へきえき》していたのに違いない。こういうときに賛成も反対もせずに合わせることができるのが真夕の特技である。本人は特技と思っていないだろうが。

「今日の昼間、大変だったみたいですね」

駅まで歩いていると、真夕から話しかけてきた。

「そうね。聞きたくなかったわ。織子さんて、けっこう怒る人なの？」

沙名子は尋ねた。

織子ははっきりした性格だが、本気で怒ったところを見たことがなかった。

経理室へ来るときはいつも機嫌がいい。後ろ暗いところがあったら、むしろ開き直って明るくなるタイプである。相手が年配の男性だからといってひるむこともなく、テレビに出て失礼なことを言われたときも、笑いながら小気味よく相手にやり返していた。そういうところがメディアに気に入られたのだろう。

「仕事をしているときは厳しいですね。それも理不尽なんですよ。こうしろって言うからそうしたら、本当にこうすることないでしょ、みたいに怒られる」

「ひどいね」

沙名子は思わず笑った。千晶もそういえば、織子が言ったからそうした、やっている通りにしたのだと訴えていた。織子が適当でいいと言ったのに、適当にして怒るのなら最初から言えという気持ちにもなるだろう。

「横から聞いていると笑えますけど、言われたほうはたまったもんじゃないですよ。織子さんはいつもああだからって野須さんも言ってました。織子さんをあしらえるのって野須さんくらいですね。広報課にいたときはよく泣いたなあ」

真夕は言った。経理部にもあるが、広報課にもそれなりの人間関係があるようだ。

「でも真夕ちゃんは織子さんと仲いいよね」

「いい感じになったのは経理部に入ってからですね。仕事をしていたときは怖かったです。

近くにいないほうが好きでいられます」

「それはわかる」

沙名子はうなずいた。織子は人当たりがいいが怖い。どこか壊れている。そこが魅力なのだが、長く一緒にいたら巻き込まれてしまいそうだ。

「でも仕事できるんですよ。織子さんに怒られて、その通りに直すと、なんでも前より良くなるんです。こっちは織子さんの悪口言いたいけど、良くなってるから言えないの。そして、どうして前のがダメだったのかわからない。じゃあ次は織子さんに言われたことを活かしてみようと思っても、あたしがやるとやっぱりダメ」

真夕は首をひねった。織子を尊敬しているが、今でも納得できていないようだ。

沙名子は広報課員に同情した。間違って怒られるのなら仕方がないが、理屈がわからないのでは混乱する。沙名子だったらできそうにない。余計な怒りや憎しみの感情も起きそうだ。

「室田さんもそうなのかな」

「どうだろう。千晶ちゃんは広報に向いてるし、織子さんともうまくいっていると思ってました。織子さんが離婚寸前だからどうとか、あまり考えたくないんだけど」

「離婚寸前か――」

沙名子はつぶやいた。

寸前ということは、織子はまだ離婚していないのかとげんなりする。いつまで引っ張るつもりなのだ。早くこのタスクを終了したい。

「あれ、立岡さんじゃないですか」

真夕が言った。

もう駅が見えている。地下通路に出入りする人に紛れて、ベージュ色のスーツを着た小柄な男性が出てくるのが見える。真夕が、あ、とつぶやいて立ち止まった。

「立岡さん、こんにちは」

男性は営業部販売課の立岡だった。真夕が声をかけるとこちらに目をやる。

立岡はビジネスバッグのほかに、天天石鹸の大きな紙袋と、おみやげの袋を持っている。出張の帰りらしい。

「こんにちは。あーそうか、ちょうど定時ですね」

立岡は笑顔を作った。

「おかげさまで定時帰りです。立岡さんは出張ですか」

「はい。東北回りです。最近はこっちばっかりです。――社内、まだほかの女性たちは残ってました?」

立岡は尋ねた。さりげなく尋ねようとしているが意図はわかる。真夕は笑った。

「千晶ちゃんなら社内にいると思いますよ。ロッカールームで会わなかったから」

「そうですか。新幹線の中からＬＩＮＥしたんだけど、返事がなかったものだから。じゃ」

立岡は照れたように言い、会社に向かっていく。

「愛されてますねー」

真夕が言った。

立岡は太陽のような人気者のタイプではないが、真面目《まじめ》で穏やかな男性である。五歳ほど年下の千晶が可愛《かわい》くて仕方ないようだ。どんな人であろうとも、恋人を大事にしている姿はほのぼのする。

立岡と千晶は、千晶が契約社員だったときからつきあっていた。社内恋愛といっても、当たり前のことと受け入れられてしまえばこんな感じになるのだなと観察したくなる。

沙名子は立岡のことが嫌いではない。伝票を期日までにしっかり出す、やりやすい社員だ。太陽は、立岡さんは自分から車の運転を代わってくれる唯一の先輩だと言っていた。

立岡は千晶が織子から叱責《しっせき》されたことを知らないらしかった。教えるようなことでもないが、言っておいてもよかったかなとちらりと思う。

「──千晶ちゃん、立岡さんがいれば大丈夫ですよね」

真夕が言った。おそらく同じようなことを考えていたのだろう。

「そうね」

沙名子は答えた。

立岡は優しい。千晶が傷ついたなら、全面的に味方になって慰《なぐさ》めるだろう。と頭では思うのに、何かしっくりこない。

沙名子は首を振った。沙名子とは関係がない。広報課のゴタゴタは広報課で解決してくれ。

沙名子は真夕と別れて駅の改札へ向かう。定時帰りの金曜日で、太陽と電話をする約束もない。久しぶりの自由な週末である。帰りにお寿司を食べるかデパ地下で買い物をするか少し迷い、デパ地下のほうにする。

家に帰ったらいいお肉を解凍して、デパ地下の惣菜《そうざい》と一緒に並べよう。映画を観《み》ながらマニキュアを塗り直そう。『プラダを着た悪魔』でもいいが、『ハスラーズ』でもいい。強くて優しくて仕事のできる女たちが見たい。

週明けの月曜日、沙名子はいつも通り、しっかりとした足取りで会社に向かっていた。気分はいい。一週間の始まりとしては最高といってもよかった。

金曜日に映画を観たら面白かったので、俳優つながりで『戦慄《せんりつ》の誘惑』まで観てしまった。お肉は美味しかったし、翌日はしっかりと部屋の掃除と片付けをして、図書館に行って、一日かけて小説を読んだ。夜には太陽から電話がかかってきて少し話した。太陽は温泉が楽しかったらしく、また行きたいと言っていた。

制服はクリーニングしたてだし、お弁当のおかずの作り置きも完璧だし、仕事は楽な時期である。こんなときがずっと続けばいい。

と思いながらロッカールームに入ったとたん、よどんだ空気が漂ってきた。

ソファーには千晶と希梨香と亜希《あき》がいる。千晶が泣き崩れ、両手を顔に当てている。

「――おはようございます」

「あ、森若さん！　聞いてくれます？」

いや聞かない。絶対に聞かない。

沙名子は時計を見た。あと十五分で始業時間である。制服組の朝は忙しいのだ。希梨香は私服だがロッカールームで化粧を直すので、少し早めに来ている。

「何かあったの？」

沙名子は形式的に口に出した。

「千晶ちゃんのドレスが、破かれてゴミ箱に捨てられていたんですよ！　今日は亜希さんが掃除当番だったから、一番に来て気づいたの。撮影は明日なのに。こんなのってあります？」

「そうなの。大変ね」

沙名子は制服を持って試着室に入った。着替えている間に、ほかの女性社員たちが次々に入ってくる。

着替えを終えて試着室を出ると、女性たちが千晶を囲んで憤《いきどお》っていた。真夕もいる。総務部の窓花《まどか》が、青いドレスをとりあげて子細に調べている。

「すみません……。みなさんに迷惑をかけてしまって……」

千晶は口に手を当て、目をうるませながら言った。

「大丈夫、わたし、裁縫《さいほう》道具もアイロンも持っているし、これくらいならなんとかなるから。明日には間に合うよ、心配しないで」

窓花が千晶を励ました。窓花の所属は総務部庶務課である。ハンドクラフトが趣味で会社にも裁縫道具を置き、たまに男性社員の取れたボタンをつけてやったりしている。何かに困ったら窓花に相談すればなんでも出てくる。

「千晶ちゃん、元気出して」

「ありがとうございます」

女性社員たちに慰められているうちに千晶は落ち着いたようだ。沙名子は千晶には声をかけず、すり抜けるようにしてロッカールームを出た。


経理部にはもう涼平と美華が来ていた。

涼平は郵便物を分けている。美華は私服なので、コートを着ない季節はロッカールームを使わない。デスクにスターバックスのタンブラーを置き、バッグを引き出しにしまっていた。休みの間にネイルを塗り替えたらしく、モカブラウンの爪がつやつやと光っている。

「おはようございます」

コンビニのコーヒーを持った勇太郎《ゆうたろう》が不機嫌そうに入ってきた。最近はインスタントよりもコンビニコーヒー派だ。真夕に影響されたらしい。

沙名子はマグカップに紅茶を作り、ＰＣの電源をつけてメールのチェックを始める。

……できるなら、いい気分のままで月曜日の仕事を始めたかった。

ロッカールームの噂話とは無関係でいたいのだが、どうしても気にかかってしまう。

今ごろ女性社員たちは、沙名子は冷たいと憤っているだろうか。それはかまわないが、ほかの女性たちが開始時刻に間に合わず遅刻になったら面倒だ。タイムカードの打刻修正が大量に来る。天天コーポレーションも古くさいタイムカード制をやめて、ＰＣかスマホのアプリをタップするタイプに変えてほしいものだ。

しかし、こうなると千晶のドレスを経費で買ったのはむしろよかった。窓花が就業時間中にアイロンをかけていても、備品が壊れたので直しているということになる。

肝心のところから目をそらして紅茶を飲んでいると、経理室に真夕が入ってきた。

「おはようございます。真夕ちゃん、出勤時間に間に合った？」

沙名子はなんでもない風を装って話しかけた。真夕は社内用のミニバッグを持ち、少し息を切らしている。

「おはようございます。間に合いました。ドレスのほうも、窓花さんがいるから大丈夫だと思います。――いやもう大変でした」

「何かあったんですか」

美華が尋ねた。

美華はコーヒーを飲みながら経済の専門誌を読んでいる。忙しくないときの朝の習慣である。

「あー……んー……。なんと言ったらいいか……」

「室田さんのワンピースが破かれてた件ですか？」

　涼平が言った。

　美華と沙名子と真夕が涼平を見る。勇太郎もつられたように目をやり、慌てたように涼平は手を振った。

「――あ、さっき給湯室で亜希さんと会って聞いたんです。明日の撮影どうするんだろうって。亜希さんは手洗いブースの担当者だから。スケジュール、けっこうタイトなんですよね。撮影が延期になったりしたら困るって」

「服なんていくらでも替えはあるんじゃないですか？」

　美華が経済誌に目をやったまま言った。

「そうですけど、室田さんがショックを受けているみたいだから、こうなったら皆瀬織子さんが出演するしかないんじゃないかって言ってました。先週末に、皆瀬さんと室田さんに何かあったとかなかったとか……。――いや、誰なんでしょうね。人の服を破くとか」

「織子さんを疑ってるなら間違いですよ。あんなレベルの低いこと、織子さんはしないから。仕事で怒ってもプライベートには関係ないから。ロッカールームに来ることもないし。そんなこと広めないでください。亜希さんに言っときます」

珍しく真夕が厳しい声で織子をかばった。

「それはそうでしょうけど。女性って怖いなって思って」

涼平は言った。あははと笑ってごまかそうとして、沙名子と美華と真夕に睨《にら》まれる。

はからずも怖いことを体現してしまったが、沙名子としては反論したい。辛ければ泣いて立ち直る、たとえ面倒くさいと思っても、人が泣いていれば肩を抱いて慰めるのが女性である。そもそも激情にかられるのに男女の差などない。

「――皆瀬さんが何か？」

勇太郎が尋ねた。

「織子さんは関係ないです。大丈夫です」

真夕が答えた。

沙名子は紅茶を置いてメールの返事を書き始める。勇太郎はまだ織子のことが好きらしい。高校生の初恋か。いっそさっさと結婚してくれと言いたくなる。

「――森若さん、今日の飲み会には行かないんですか？」

定時過ぎに沙名子が経理室で仕事をしていると、立岡が入ってきた。

　経理室にいるのは沙名子と美華だけである。今日は定時後に、女性社員たちが緊急の飲み会をするらしい。要は、千晶を囲んで慰める会である。天天コーポレーションの女性社員たちは仲がよく、希梨香が飲み会好きなせいもあって、理由を見つけてよく集まっている。もともと契約社員だった千晶も、今では当たり前に馴染《なじ》んでいる。

　沙名子と美華も誘われたが断った。ロッカールームが混んでいそうなので、少し時間をあけるために残業している。

「立岡さん、こんにちは。出張精算ですか？」

　沙名子は事務的に答えた。立岡は伝票を差し出しながら声をひそめる。

「はい。それもあるけど心配になってしまって。森若さん、千晶——室田さんのこと、聞いています？　先週、皆瀬さんといろいろあったとか」

「わたしは聞いていません」

「そうか……」

　立岡は千晶から直接聞くことはなかったのかと思った。

　叱責されたのは金曜日で、今日は月曜日。休日を挟んでいる。せっかく心配してもらっているのだから、友人よりも恋人に辛さを語ればいいではないか。沙名子は特に仲良くもないのに何回も語られているのだ。

「ドレスは直ったようなので、問題はないと思いますよ。明日の撮影で出演されるかどうかはわからないですが」

「――ドレスってなんのことですか?」

沙名子は立岡を見る。

千晶はこのことも立岡に言っていないらしい。破かれたのは朝なので、知らなくても不自然ではないが。

天天コーポレーションの女性たちは、ロッカールームであったことは基本的に男性社員に言わない。亜希はうっかり言ってしまったようだが、涼平は真夕に怒られて驚いたのか、周りに広めていないようだ。

「立岡さん、あれから室田さんと会われましたか?」

沙名子は尋ねた。

「会いましたよ。出張から帰ったらすぐに。千晶――室田さんが、皆瀬さんに叱責されてたって聞いて。

皆瀬さんが怒るのはいつものことだから、誰も室田さんが悪いとは思っていないだろうけど、それでもひどいですよね。室田さんはシナリオチェックなんて初めてなのに。その話を聞いて、すぐに広報課へ行きましたよ。ほかに広報課は誰もいなくて、室田さん、暗い中で、ひとりで仕事してたんですよ。メールを待ってるとか言って」

　沙名子は休日に会ったのかと尋ねたつもりだったのだが、週末の定時後のことを話している。休日には会っていない、連絡もそれほど取っていないようだ。

「そのときは元気でした？」

「あまり話せなかったけど、元気でした。心配しないでって。帰るときに無理しないでって声かけたんですけど。やっぱり待っているべきだったかな」

　立岡は心配と苛立《いらだ》ちを隠しきれない口調で言った。

「千晶――いや、室田さんて、すごく人に気をつかう人なんですよ。悪口も言わないし、悩みとか辛さを口に出さないし。今は仕事を覚えようとして一生懸命なんです。誰だって失敗はあるでしょう。でも千晶は、皆瀬さんをけして責めません。いい子なんです。そういうところがわかってもらえないのが、俺にはもどかしいです」

　立岡は珍しく饒舌《じょうぜつ》だった。本当は今日、自分が千晶を慰めたいのに違いない。何もできない自分に苛立っているようにも見える。

　立岡がいなくなってから、沙名子は経理部のすみにある共有のデスクトップＰＣの前へ行き、電源をつけた。このＰＣからは社内労務管理、勤怠《きんたい》情報のデータが見られる。沙名子は経理部主任なので、アクセス権限がある。

「飲み会っていっても、お酒はそんなに入らなかったですね。千晶ちゃんは今日の撮影あるし、月曜日からそんなに飛ばせませんよ。最後はいつもの愚痴と悪口大会」

階段を下りながら真夕が言っている。

ドレスは窓花のおかげで新品同様に戻ったらしい。破かれていたといっても、袖《そで》の飾りボタンがほつれかけていただけだった。ロッカールームで服を破かれるという非常事態がさほど非常でもなかったということがわかり、女性社員たちはひとまず安心している。

「金曜日の夜に最後にロッカールームを使ったのは、総務部の石川《いしかわ》さんです。昼間と同じように壁にかかっていたそうです。それから土日を挟んで、月曜日の朝に亜希さんが、ぐちゃぐちゃに丸められてゴミ箱の中に入っていたドレスを発見したんです」

「――ということは、やった人は金曜の夜から月曜の朝までに、会社に出入りした人――ってことになるけど」

「そうですね。で――たまたまですけど、亜希さんが日曜日に休日出勤しているんですよ」

「販売課にはよくあることね」

沙名子は言った。そのあたりは太陽から聞くのでわかる。営業相手に日曜日なら空いていると言われたら、営業部員は休日出勤することになる。

真夕はうなずいた。

「ロッカールームは使わなかったそうですけど。外回りして、会社には日報を書くために来たんだって。で、会社で織子さんと会ったんだそうです。名古屋《なごや》のテレビ番組の出演の日だからだと思います」

「織子さん、いつも名古屋から直帰じゃなかった？」

「何かあって本社に来たんでしょう。そういうこともありますよ」

「ほかに出勤してる人はいたのかな。男性とか」

「販売課に少しいたみたいです。男性だったら別の意味で気持ち悪いですよね。ロッカールームは基本、鍵かけないし。かけたほうがいいのかな。信用していないみたいでいやなんだけど。そういう話して、どんよりしちゃいました」

真夕は困ったような声で言った。

女性用のロッカールームは本社ビルの一室だが、会社には干渉されないことになっている。ロッカーの鍵こそ総務部で管理しているもの、備品は歴代の女性社員たちが持ち寄ったものだし、掃除も持ち回り、必要なものがあったら使用している女性社員たちがお金を出し合って買う。着替えるための試着室も、誰かのアイデアで自主的に作ったものである。

自分たちの部屋だと思うから自由でいられるのであって、管理されるのには抵抗がある。いちいち鍵を預けたり預かったりするのも面倒である。

「――飲み会のとき、玉村《たまむら》さんはいた?」

沙名子は少し迷ったが確認した。

志保は以前、似たような問題を起こしたことがある。仲の悪い女性社員のファンデーションを割った――割ったかもしれないのだ。反目した女性社員たちを和解させたのは織子だった。

真夕は首を振った。

「志保さんは来ませんよ。希梨香とか窓花さんとかはちょっと怪しんでたけど、志保さんはこんなことしないです。ファンデーションのときとは違います。ていうかあれだって、ブランド名をこっそり確かめようとして、うっかり割っちゃっただけなんじゃないかって思います。志保さんて、人に何か聞くことができないから」

「わたしもそう思う。――真夕ちゃん、志保さんのことは嫌いじゃないのね」

織子ならともかく、真夕が志保をかばうとは思わなかった。

「労務管理の担当だったとき、すごく一生懸命にやってくれたので。志保さんて意地悪じゃないですよ。ポンコツなだけ。まあ仲良くはなれないんですけど」

沙名子はかすかに笑った。これまで志保について聞いた中で、一番しっくりくる言葉だと思う。志保はポンコツなのだ。しかし悪い人間ではない。これから進歩するかもしれない。

「誰がやったとか、追及しないでいいんじゃないですか。休日出勤した人の名前は守衛さんに聞けば細かくわかるけど、そこまでするのもねって。最後にはなんとなくそういう感じになりました」

「みんなそう思っているの？」

真夕はうなずいた。

「自分が言い出しっぺになりたくないだけかもしれないけど。ファンデーションのときも謎で終わったじゃないですか。ドレスは元通りになったんだし、犯人探ししてもろくなことはないですよ」

口調とは裏腹に、真夕はやけにきっぱりしている。

もしかしたらうすうすわかっているのかもしれないと思った。真夕は給与計算をするので社員の勤務状況を細かくチェックをする。沙名子と同じく、おかしなことがあればぴんと来る。

「わたしもそのほうがいいと思う。問題は何もないよ」

沙名子は言った。

おそらく真夕は希梨香や窓花に、森若さんはこう言っていたよと報告するだろう。千晶は森若さんがそう言うならと納得するだろう。誰も犯人を追及しない。これでオールクリアだ。

一階についた。沙名子と真夕は肩を並べて天天コーポレーションのショールームに向かう。

ショールームのドアの前には、プロモーション動画撮影中です！　お静かに！　と書かれた紙が貼り付けられている。中に映像制作会社のスタッフと広報課員、見学希望の社員がいるはずである。

沙名子と真夕は息をひそめ、そっとドアに手をかけた。


音を立てないようにドアを開けると、ドアのそばに立っていたショールームのスタッフ、優芽《ゆめ》が唇に指を当てた。

もう始まっている。沙名子と真夕は忍び足で奥へ移動した。ショーケースの前にはオフホワイトの洗面台、テーブルには様々なパッケージの石鹸が並べられている。洗面台は映像の制作会社が持ち込んだのだろう。狭いショールームの中で、ライトの光を浴びてきらきら光っている。

その前に織子が立って両手を広げ、ライトを浴びていた。

「みなさん、正しい洗い方を覚えましたか？　ゆっくりと泡立てて、指の間、そして手首まで！　天天コーポレーションの石鹸を使って、手を洗ってみましょう！」

織子の声がショールームに響く。

張り上げても甲高《かんだか》くならない落ち着いた声である。叫んでいるわけでもないのに声量があって、聞いていて心地よい。どこかで訓練を受けたのかと思ってしまう。織子にアナウンサーのようなスキルがあるから、広報課ではナレーションやタレントを外注しないで済み、経費を削減することができる。

……だから高い服を買ったり、経費に私物の領収書を紛れ込ませたりしても多めに見ろ、というのは、経理部員としては納得しかねるが。

広報課の動画を見たことがあったが、撮影しているところを見るのは初めてである。

沙名子は首をまわし、千晶を探した。千晶は少し離れた長机の前で、若手の広報課員と一緒に、スタッフたちに配るらしいお茶やお菓子を手持ち無沙汰《ぶさた》に並べ替えている。ロッカールームにかかっていた青いドレスの姿だ。

「──室田さんは、結局、出演しないことになったの？」

「──みたいですね」

小さな声で言うと、真夕がささやき返してきた。

千晶でなく織子が撮影されているというのは、ドレスのことと関係あるのか。千晶にはまだ早いと判断されたのか。それとも単に織子の気まぐれか。

千晶は沈んでいるようだが、ドレスは壁にかかっていたときと同様に美しかった。千晶の清楚な雰囲気によく似合っている。暗がりの長机で作業をするには綺麗すぎるくらいだ。手のネイルは落とされ、ショートボブの髪はつやつやと光っていた。

ショールームの奥のほうにはほかにも社員がいた。営業部長の吉村と亜希が並んで立っている。亜希は手洗いブースの販売課側の担当者なのと、天天コーポレーションに中途入社したばかりなので、広報課の撮影というものを見てみたかったのだろう。希梨香とほかの何人かは好奇心、立岡は撮影よりも、長机の周りにいる千晶を心配そうに見ている。

「──はいＯＫです。じゃ皆瀬さん、次、洗ってる手のアップいいですか」

織子にディレクターらしき女性が声をかける。

撮影スタッフは、彼女と男性カメラマンと、織子にライトを当てたりマイクの調整をしたりする女性、見守っている年配の男性である。女性ふたり、男性ふたりの四人のグループだ。

「さっき撮ったやつじゃ足りない？」

「尺《しゃく》は足りてるけど、時間があるので。少し角度の違うやつが欲しいかなって」

「はーい。ちょっと待って。石鹼泡立てるから」

織子が洗面台へ行き、新発売の『天天石鹼オレンジ』を取り出して泡立て始める。カメラが寄り、何パターンかの手のアップを撮影する。

「はいOKです！　これで全部終了ですね。予定より早いです。さすが皆瀬さん、いつも助かります」

「ありがとうございます。――あ、ちょっと待って。時間あるならもう少し撮ってくれない？　室田さん、こっち来て」

織子は言った。スタッフが一斉に振り返る。

千晶が顔をあげる。織子が手招きをすると、慌てたようにこちらへ向かってきた。

織子はうしろから千晶の肩を抱き、笑顔で言った。

「室田千晶さん。広報課の新人です。打ち合わせにいましたよね。可愛いでしょう？　今回、細かい作業をみんなやってもらいました。わたしの後釜《あとがま》として育成中なんです。室田さん、シナリオ覚えているでしょう。撮影できる？」

織子が千晶に尋ねた。

「あ……は、はい」

「え、今からですか」

撮影班は明らかに戸惑っている。織子はディレクターの女性と、隣にいた年配の男性に手を合わせた。

「三十分でいいから、ナレーションの部分だけでもお願い。経験を積ませることが大事なのよ。うちは中小企業だから、社内でできる子を育てないとやっていけないの」

「うーん……」

「やりましょうか。いいですよ」

女性ディレクターが言った。カメラマンの男性が角度を合わせ始める。

「皆瀬さんに頼まれたら断れないな。中小企業なのはこっちも同じですからね」

年配の男性はまんざらでもなさそうだった。織子と仲がいいらしい。

「やった。じゃみなさん、すみませんけどもう一度お願いしまーす。室田さん、ここ立って。演技指導なんてしないわよ。わたしが今やったの見てたでしょ。室田さんならできるわ。好きなようにやってみて」

スタッフがそれぞれの場所に散り、千晶はおずおずとライトの下に立つ。カメラテストをしている間も、シナリオを懸命に読んでいる。ディレクターに指導を受けて合図をされ、思い切ったように話し出す。

「みなさん、天天コーポレーションで正しく手を洗いましょ……すみません！　天天石鹸で、ですね！」

「緊張しなくていいですよ。笑顔で。いい感じですよ」

「はい」

千晶はうなずいたが、緊張しているのは全員にわかる。その初々《ういうい》しさに思わず会場に笑みがこぼれる。吉村部長がうんうんとうなずき、千晶は安心したように笑顔を作る。

少し離れたところから見る千晶は、いつもよりも美人だ。立岡が遠くで片手を握り、口だけで頑張れと言っている。

夕方になっていた。沙名子が経理室で仕事をしていると、千晶が入ってきた。

「今日の撮影の残りです。どうぞ」

千晶は大きなお菓子の箱を持っている。撮影のときのドレスから黒いスカートに着替えて、メイクもナチュラルだ。何かバランスを取っているのかもしれない。

お菓子の箱の中にはカップのゼリーとケーキと個包装のクッキー、和菓子が入っていた。撮影したときに長机に置いてあったものだろう。広報課はお菓子が飛び交うことが多いので、たまに千晶が配りに来る。

「あー千晶ちゃん、撮影見たよ。よかったねー。あたしまでドキドキしちゃった」

真夕がにこにこして言った。

「ありがとうございます。急にふられたのでびっくりしましたけど、なんとかできました」

千晶は微笑《ほほえ》みながら答えた。少し疲れているようだが満足そうだ。

撮影は順調だった。千晶は最初は緊張していたが、だんだんリラックスして、最後のほうはディレクターと雑談を交わす余裕もあった。最初からバージョンをいくつか作る予定だったので、千晶の分も編集して使うらしい。

「織子さんていつも急だよね。前もって言ってくれればいいのに」

真夕が言うと、千晶はうなずいた。

「そうなんですよ。予定調和が嫌いというか、用意していたのをひっくり返すのが好きというか……。最初はわたしに任せるって言って、やっぱりやめるって言って、当日にお願いって。幸い撮影の人が慣れてて、なんとかなりましたけど。心臓に悪いです」

「いつものことだよ。でも、それでいい広告作るんだよね」

真夕はカップケーキを取った。千晶はお菓子をそれぞれの席に配り、沙名子のところまで来て箱を差し出す。

「今日、森若さんも来てくださったんですね」

「これまで見たことがなかったので。室田さん、よかったですよ」

「ありがとうございます。これでひと安心です。ドレスにあんなことがあってどうしようかと思いましたけど、窓花さんのおかげで助かりました」

「あのワンピースは持ち帰るんですか？」

「織子さんが広報課のロッカーに入れてくれることになりました。持って帰って私服にしてもいいんですけど。織子さんもそうしてるし。でもさすがに」

と言いながら、千晶はちらちらと沙名子の顔色をうかがっている。その表情はやめろと言いたくなる。うしろめたいなら経費で服など買うな。そうでないなら堂々と持ち帰れ。私服にするなと咎《とが》められたら初めて気づいたふりをして、それが何か？　と言えばいいのだ。

　やるならうまくやれ。織子を見習え。

　と思うものの、あと数年もすれば本当に織子みたいになるのかもしれない――と思うと、複雑な気持ちではある。織子のスキルを得ていればまだしもだが、そうでなくてこういうところばかり学ばれても困る。

「森若さんにもお世話になりました。お礼と言ったらなんですけど、今度、お茶に」

沙名子はお菓子の中から和菓子を選んでデスクに置く。沙名子が複雑な表情をしているのに気づいていたらしい。千晶が話を変えた。

「――そうですね。今日はいかがですか」

「えっ？」

千晶が声をあげる。

沙名子が承諾するとは思わなかったのに違いない。沙名子は千晶に向きなおった。

「わたし、今日は夜に予定があるので、定時から少し時間があくんです。よろしければお茶でもいかがですか。以前、行ったことのあるファミリーレストランで」

真夕が沙名子を見ている。美華がちらりと目を沙名子に向けたが、すぐに自分の書類に戻る。

「あ、はい。――わたしは大丈夫です」

「では十八時に行っています。連絡は社用のスマホにお願いします」

沙名子は言った。

千晶は笑顔を消していた。悄然《しょうぜん》として経理室を出て行く。真夕が振り返り、心配そうに千晶の背中を見つめた。

　沙名子が約束のファミリーレストランへ行くと、千晶はもう待っていた。パステルピンクのニットに黒いスカート。軽く頰杖《ほおづえ》をつき、外を眺めている。ショートボブの髪がさらりと頰に流れ、銀のロングピアスが揺れる。

　千晶は真面目である。織子のような奔放《ほんぽう》さやひらめきはない代わり、いつも一生懸命で、堅実に仕事をする。千晶に狡《ずる》くなれとは言いたくないなと沙名子は思った。千晶には千晶の良さがある。

「こんにちは、室田さん。遅くなりました」

　沙名子が向かいの席に座ると、はっとしたように千晶は視線を沙名子にやった。

「いいえ。わたしが早く来すぎたので。ええと……何か食べますか？　森若さん、お約束があるんですよね。お茶っていったけど、よければお食事でもいいですよ」

「気にしないでください。わたし、室田さんにお伝えしたいことがあったんです。社内だと話しづらかったので」

「――そうだと思いました」

千晶は少し寂しそうに笑った。

「わたしはずっと森若さんと友達になりたかったんです。同い年だし、美月《みつき》さんみたいに仲良くなりたいなあって。でも片思いなんですよね。真夕さんとはあんなに仲良しなのに。ちょっと辛くなってきたな」

「室田さんはみなさんと仲がいいでしょう。わたしのほうがよほど友達いないですよ」

「森若さんがいいんです」

なんだかアタックされているようだなと沙名子は思った。千晶にはもこれまでに何回もお茶や食事に誘われている。こうやって、何か目標を決めては頑張って落とすのが千晶のやり方なのか。

正社員になりたい、結婚したい、制服を着たい、ロッカールームで女性社員たちと馴染みたい、沙名子と親しくなりたい、織子のように高い衣装を買って、それを経理部に見逃してもらいたい——なんだかすべてを同列に並べられているような気がする。ひとつをクリアしたら、また別の目標を探し出して頑張るのだ。そしていつまでたっても満足することはない。

テーブルに飲み物が置かれると、沙名子はゆっくりと口を開いた。

「わたしが申し上げたいのは」

「──あのドレスのことですよね」

千晶が沙名子の言葉を遮《さえぎ》った。

「森若さんが言いたいことはわかっているんです。あれは高すぎたって。デパートでついつい選んでしまいました。織子さんが怒るのもわかるし、わたしがいけなかったと反省しています。それであんなことになって。全部、わたしの責任なんです」

千晶は早口で言った。

「どこがいけないと思われるんですか？」

「衣装にしては高額すぎました。初めて社内動画に出演させてもらえることになって、浮かれていたんです。織子さんはいつも同じくらいの服を経費で買っているから、いいと思ってしまいました。ダメですよね。まだ新人なのに。これからはもっと仕事を頑張ります」

千晶は少しうるんだ瞳で沙名子を見つめ、一息で言った。

沙名子はハーブティーを飲み、どこから切り出すべきか考えた。

「わたしが言いたいのは、衣装代のことではありません」

「──え」

千晶はびっくりしたようにつぶやいた。演技なのか本気なのかわからない。沙名子はゆっくりと言う。

「領収書は適正で、予算内でした。衣装にしては高額だと個人的には思いますが、承認がおりていたので問題はありません。備品の経費申請をするのに新人もベテランもありません」

「──そうなん……ですか」

「わたしが申し上げたいのは、残業申請のことです」

沙名子はゆっくりと言った。

言うかどうかは迷った──真夕が、犯人探しはしないでいいと結論づけたのなら、言わなくていいとも思った。しかしタスクに残しておきたくなかった。

「失礼だと思いましたが、先週の打刻情報を調べさせていただきました。室田さんは金曜日は定時帰りでした。つまり、十七時三十分過ぎに退社した──タイムカードで打刻したということになります。

でもロッカールームにはいませんでした。わたしは定時で仕事を終了して、佐々木さんと一緒にロッカールームを出たのですが、室田さんがいなかったことは記憶にあります。

室田さんはバッグをロッカーに保管していて、必ず立ち寄る人だったと思います。先週はたまたま寄らずに帰った、あるいは打刻してからしばらくデスクにいて、時間をあけてロッカールームに行った、ということでいいのでしょうか？」

沙名子は尋ねた。

実際はもっと詳しく知っている。

真夕から聞いた、最後にロッカールームを使った人——総務部の石川の退勤時間は二十時五分。その日の立岡の退勤時間は二十時三十二分。

立岡は、帰るときに千晶に声をかけたと言っている。つまり、二十時三十二分に千晶は会社にいたのである。明かりを暗くしてひとりでいたようだから、気づいた人間はいなかったのだろう。心配してわざわざ広報課を覗《のぞ》いた立岡を除いて。

「——そうですね。あの日は、制作会社から修正したシナリオのメールを待たなきゃならなくて。でも、それってわたしのミスだから、残業代をもらうのもおかしいと思って……。だから定時でタイムカードだけ打ったんです」

「その後はサービス残業をした、ということになりますね」

「メールを待っていただけなので、サービス残業とも言えないというか……」

だったら家で待て。織子だって、家でメールを待ってリモート申請をしろと言っていたではないか。

沙名子はがっくりする。千晶はどうしてこうなのか。契約社員だったときも、自分のアイデアでショールームを飾り付け、その代金を自腹で払っていた。

自分のせいだから自分が払うという考えは捨ててほしい。ミスをしない人間はいないし、メールを待つ間も会社にいるなら仕事である。経理部はミスも込みで人件費の予算を立てなくてはならない。残業代をもらうのに気後《きおく》れするなら、そのお金で天天石鹼を買ってどこかに寄付でもしてくれ。

プラスだろうがマイナスだろうがイーブンでないのは気持ちが悪い。有給休暇を取らない人もそうだが、会社のために自分を犠牲にして奉仕するのが美徳だということにされたら、迷惑を被《こうむ》るのはほかの社員だ。残業代をもらうのは当然のことで、取らないほうが間違っているのである。

「何時まで残業をしていたんですか？」

沙名子は尋ねた。

千晶は黙った。沙名子も黙ってハーブティーを飲む。まるで根比べのようだ。窓の外を眺めると、いつのまにか暗くなっている。紫色の空に一番星が見える。この時間帯は嫌いではない。

ふいに、千晶と別の話をしたかったと思った。

沙名子はもうすぐ三十歳になる。同期の美月は結婚した。彼氏はいるが結婚の話は出ていない。こんな話は、同じ立場の女性としかできない。彼氏がとてもいい人で、愛されて幸せだがこれでいいのかという話をしたかった。

「――九時ごろです」

千晶は観念したようにつぶやいた。

沙名子はほっとした。もしも早く帰ったと言われたら、二十時三十二分にはまだいたはずだと追及しなければならないところだった。

「ロッカールームに寄りました？」

「――そうですね。そして、壁にかかっていたドレスを丸めてゴミ箱に捨てました。これでいいですか」

千晶は少しふてくされているようにも見えた。

髪をかきあげ、笑顔を消して沙名子を見る。何か文句ある？　言いたければ誰にでも言えば？　とでも言いたげだ。

実のところ、沙名子は千晶のこういう顔が好きである。甘えたような少女らしさが消え、一気に大人っぽくなる。

「ロッカールームの件は、自作自演だった――ということですか」

千晶は少し黙った。窓の外を眺め、観念したように口に出す。

「っていうほどのものじゃありません。むしゃくしゃしちゃって。シナリオはさらっと直してあって、あんなに無理って言ってたのに簡単に直せるんじゃないかって思いました。織子さんじゃなくてわたしだから、舐《な》められていたんですよ。

サービス残業したって誰も褒めてくれないし、どうせ動画には織子さんが出るんだろうし、銀座《ぎんざ》で服買って浮かれてた自分がバカみたいに思えただけです。

週末を家で過ごしたら落ち着いて、反省しました。経費で買った服だし、高かったんで破れなくてよかったです。誰かが見つけたら大変だから、回収しなきゃと思って早く行きました。そうしたら、わたしよりも先に亜希さんが来ていて、これ誰がやったの！　って大騒ぎになったんです」

「で、自分でやったと言うわけにもいかず、そのまま被害者になることにしたと」

沙名子はゆっくりと言った。

「嘘つくつもりもなかったけど。その場の雰囲気で、言い損ねました」

千晶は自嘲《じちょう》するように笑った。

「亜希さんに慰められるのが気持ちよくてね。希梨香ちゃんだってわたしのために怒ってくれるし、窓花さんは一生懸命アイロンかけてくれるし、励ます会まで開こうって言ってくれて。わたしにはこんなに仲間がいるんだって安心しました。飲んで食べて、アホな男たちとか、織子さんや志保さんの悪口言って、楽しかった。

　どうしようもないですよね、わたしって。森若さん、みんなに言いますか？　言わないと思うけど。だからわたし、森若さんのことが好きなんです」

「言いません。織子さんや志保さんのせいになりそうなら考えますけど、そうでもないので。──みなさん、うすうす知っているかもしれないですよ」

「でしょうね。なんとなくわかりますよ。時間あけて考えたら、あれってなったんでしょうね。でも騒いじゃった手前、指摘もしづらいから放っておいてる。特に佐々木真夕さん。佐々木さんっていいですよね、ぼやぼやしてるだけでみんなに好かれて。あんなふうになりたかったわ。どうしたらなれるんだろう」

　今度は真夕かと沙名子は思う。千晶はすぐに人に憧れる。

「動画の撮影、素敵でした。室田さんは適任だと思います。佐々木さんは、あれは自分じゃできないって言っていました」

「突然、出ろってふられてね。あれってきっと狙っていたんですよ。わたしが緊張しているところを撮りたかったんでしょうね。織子さんは」

　千晶は投げやりに言った。

「いつもそうです。ふざけんなよって思うけど、前もって準備していたよりも、あのほうがよかったような気もするんです。ほんと悔しいです。嬉《うれ》しい顔してますけど、本当は褒められるたびに悔しいんですよ」

「そう口に出せばいいのに」

沙名子は言った。

本心だ。女性社員たちだって紋切り型の悪口よりも興味深いだろう。みんな織子を内心では怖がっているし、尊敬している。だからアンテナを張って噂話をするのだ。

「立岡さんが言っていましたよ。室田さんは気をつかう人だって。悪口を言わないし、一生懸命で、いい子だって。おそらく相談したら、親身になって聞いてくれるんじゃないでしょうか」

千晶はうつむき、ミルクティーに口をつけた。

「そうですね。彼はいつも心配しているんです。わたしのことを守りたい、ずっと一緒にいたいんだって。——わたし、彼からプロポーズされているんですよ」

千晶は嬉しそうでも誇らしそうでもない。これまで何人かの女性から同棲《どうせい》だの結婚だのという話を聞いたが、こんな表情で切り出されたのは初めてである。

「結婚されるんですか」

「迷っているんです。結婚したほうがいいと思いますか、森若さん」

「──わたしにはわかりません」

沙名子は答えた。わかりようがない。

バッグの中でスマホが鳴った。私用のメッセージ──太陽である。沙名子はほっとした。

残りのハーブティーを飲み干し、自分の分の現金をテーブルに置く。

「ではわたしは行きますね。勤務時間の打刻修正をお願いします。サービス残業は推奨しません。わたしの話はそれだけです」

「わかりました。──わたしね。パーッと遊ぼうかなって思うんですよ。結婚する前に」

沙名子は千晶を見た。

千晶は沙名子を無表情で見返す。窓の外はすっかり暗くなっている。沙名子は千晶から目をそらし、席を立った。


品川《しながわ》駅の改札の外に立っていると、太陽が沙名子を見つけて走ってきた。

太陽はデニムとパーカーを着て、黒いキャリーバッグを持っている。

太陽は明日、担当している事業の会議がある。日帰り出張なので、前日に前乗りして一泊し、沙名子と食事をすることになっている。今日の午後に半休を取って定時に間に合わせると言っていたが、なんだかんだで遅くなった。いつものことである。

「沙名子、久しぶり……と思ったけど。そうでもないか。温泉行ったもんな。出張面倒だけど、沙名子と会えるからいいな」

太陽は楽しそうだった。きっとこれから数十分、ひとりで喋りまくるのに違いない。

「これから出張が多くなるの？」

「わかんないなー。今回のも、別に俺が出なくてもいいと思うんだけど、吉村部長に無理矢理呼ばれたんだよ。たまには帰ってきたいだろって。俺、大阪でもけっこう楽しくやってるんだけど」

「太陽がいないと寂しいのよ」

沙名子は吉村部長の言葉を代弁した。

太陽は嬉しそうに笑った。沙名子の手を取る。沙名子は太陽と肩を並べ、品川の駅を歩く。

太陽にすべては語れないが、ずっと一緒にいたいと思う。太陽がいれば寂しくないのだ。そのためには結婚するしかないとふと思い、沙名子はひそかに絶望する。

第三話 数字以外は見ないほうがいいこともある

スーパー銭湯《せんとう》の脱衣所で、美月《みつき》からメールが来ていることに気づいた。


ごめん、もう家出た？

今日やっぱり無理。格馬《かくま》が急に帰ってくることになった。

今度埋め合わせする。


予想をしていたのでがっかりはしなかった。沙名子《さなこ》はさっさと服を脱ぎ、大浴場へ向かう。

美月の最近のおすすめである、都内に新しくできた温泉つきのスーパー銭湯だ。日替わりで温泉のお湯を運んで大浴場に入れているらしい。誘われて来る気になったのだが、案の定、美月は来られなかった。

美月の夫――天天《てんてん》コーポレションの社長、格馬は最近、出張がちである。今回の出張が予定外に早く終わり、帰国が早まるかもしれないと沙名子が聞いたのは美月からではなく、新発田《しばた》部長からだった。

経営会議のスケジュールは経理部のスケジュールに影響する。忙しいのはいいが、忙しくなりそうなら前もって教えてくれと新発田部長と勇太郎《ゆうたろう》に伝えてある。

そのことを美月との話題にできないのはもどかしかった。仕事とプライベートは違うし、格馬が妻に伝えていない可能性がある。夫婦といっても社長と平社員だ。美月は社内では旧姓を使っているし、格馬とすれ違っても会釈《えしゃく》くらいしかしない。

ふたりが社内で公私混同しないのは、沙名子もそうだが、ほかの社員――特に美月の周りの社員はほっとしているだろう。社内結婚というだけでもややこしいのに、夫が社長で、結婚しても妻が会社にいるという状態で、格馬が妻を特別扱いしたり、美月が特別扱いを望んだりしたら面倒くさいことになる。しかも格馬は後継《あとつ》ぎ。反発している社員もいるし、天天コーポレーション創立時からいる、年配の幹部社員たちをコントロールしていかなければならない立場である。

――社内結婚か――……。

沙名子は白く濁《にご》ったお湯に肩を沈め、うんざりしながら天井を眺めた。

考えたくないのに考えずにいられない。むしろ先送りしていたことがだんだん先送りできなくなってきたと思う。今日、美月と会いたかったのはそのためもあった。

結婚というものは幸せなのか？　ひとり暮らしのほうが絶対に楽しいのではないか？

現に美月は、楽しみにしていた沙名子とのスーパー銭湯行きを断って、家で格馬を待っていなければならなくなっている。格馬は美月の仕事を応援していて、家事もまめまめしくするが、美月が休日に自分を残して外出すると不機嫌になるらしい。新婚だからか。聞くだけでめまいがする。

太陽《たいよう》は、沙名子がひとりで映画を観《み》に行くと言ったら、いってらっしゃいと送り出してくれそうな気もするが。

だがまめまめしくはない。おそらく自分の身の回りのことしかしない。掃除は半月に一回だし、洗濯はクリーニング任せだし、牛丼やラーメンばかり食べて過ごしている。ギリギリには間に合うが、ギリギリまでは放っておく男である。

……つまり……。

考えるのが嫌になってきた。沙名子は太陽のやり方に合わせることはできない。いちばん嫌なのは、自分の人生の計画を立てるのに、他人を動かさなければならないということだ。太陽にとっても巻き込まれるのは迷惑だろう。自分のやり方で満足しているのに、こっちのやり方に合わせろと言われたら、じゃあ結婚なんてしなくていいと思うだろう。まして太陽は年下で、仕事が面白くなってきた時期である。

では考えない、このままでいいということにしようとすると、それはそれでひるむ。何やら怯《おび》えに近い気持ちになる。太陽が自分から去るかもしれないという怯え。それとは別に、これでいいのかという何やら恐ろしい気持ちである。

このタスクを終わらせたい。せめてクリアできるのかできないのか、はっきりさせたい。はっきりさせようとしたら、今の状態は確実に壊れる。

ではどうすればいいのだ……。

沙名子は風呂からあがった。

こういうときは目の前のことに没頭するに限る。いちばんいいのは自分に手をかけることだ。髪や爪《つめ》をきれいにすると気持ちがすっきりする。

「——お姉さん、天天石鹸《せっけん》使ってるの」

持ち込んだ石鹸を泡立ててごしごしと体を洗っていると、隣からふと声がかかった。

天天石鹸と言われて身構えてしまったが、隣にいるのはふくよかな年配の女性である。まるまるとした肩はしみひとつなく、白く光っている。彼女はにこにこして沙名子を見ている。

「あ——はい」

沙名子は戸惑いがちに答えた。

「やっぱり！　ここのボディソープ、ダメだっぺな」

「ダメとは思いませんが、固形石鹸が好きなんです」

沙名子は言った。

沙名子は自分用のスーパー銭湯の持ち込みセットの中に天天石鹸を入れている。備えつけの液体ボディソープが合わないときがあるからだ。天天石鹸は顔も洗えるし、とりあえず肌が荒れたことはない。

女性は首を振った。

「いんや、ここのはヌルヌルしすぎだっぺ。天天石鹸、銭湯にも置ければいいんだけど、できないのが惜しいんだよね」

「そうですか」

ありがとうございますと言うわけにもいかず、沙名子は形式的に答える。固形の石鹸が銭湯やホテルの備品にしにくいのは事実で、営業部ではよく話題になる。

化粧品は出しても液体ボディソープは頑固に出さないのが天天コーポレーションだ。ついでにいうなら、ボディソープ、バスソルトという言葉は社内では禁句である。就職面接でその言葉を口にしたら落とされるという噂《うわさ》もある。

「天天石鹸はいい石鹸ですよ。うちは息子も孫もみんなこれ。誰が使ってもツルツルピカピカになるからね」

女性はしたり顔でうなずき、沙名子は苦笑した。女性の背中や胸もとはつるつるで、シャワーのお湯が滑っていく。

天天石鹸のユーザー層は広くばらけている。何世代も使い続けている人がいるというマーケティング結果は本当だったようだ。

「そうですね」

沙名子は言った。こういうときは対応に迷う。裸なのによそよそしくするのも妙なものだ。

沙名子は体を洗い終わると使い掛けの天天石鹸の水を切って石鹸入れに入れ、バッグにしまう。石鹸入れは天天コーポレーションの何かの企画で作ったものだ。なんだかんだ愛用している。これから岩盤浴《がんばんよく》をする予定である。

「森若《もりわか》さん、事業部の試算表できてる？　あとパラカフェの決算書と、銭湯業務の収益について。合併前の数字と比べることのできる資料があったら見たい」

週明けの月曜日、沙名子がデスクで仕事をしていると、会議室から戻った勇太郎が声をかけてきた。

「あります。あとでいいですか。今、手を離せないので」

沙名子は言った。

嵐のような合併とその後の決算期を過ぎ、比較的楽だったのはつかの間だった。これから中間決算が始まる。沙名子がスーパー銭湯に行ったのは、中間決算前の最後の休暇をのんびりと過ごすためでもあった。ほかの経理部メンバーも有給休暇を交互に取り、鋭気を養っている。

沙名子の隣では美華《みか》が電卓を片手に経理システムに向かっている。真夕《まゆ》は勇太郎から渡された書類を引っ張り出してはノートに数字を書いている。何かの別表作成を頼まれたらしい。

涼平《りょうへい》はマニュアルと首っぴきで電卓を叩き、社会保険料の計算をしている。できあがったら沙名子がチェックしなくてはならないだろう。涼平が慣れるまで少し仕事が増えるが、その分を真夕に渡せるので沙名子としてはありがたい。美華は入社二年目にして合併後の決算を乗り越えて、何のフォローも必要ない。

「明日の朝までにお願いします。おそらく今週の会議で議題にあがると思うからよろしく」

「事業部に問題が?」

沙名子は尋ねた。

事業部は今年度になってから新しくできた部署である。今は吉村《よしむら》部長が兼務で部長職になっている。

業務内容はスーパー銭湯の経営。これまでに営業部が直営してきた『パラダイスバスカフェ』と、合併先の会社、篠崎《しのざき》温泉ブルースパが経営してきたスーパー銭湯『藍《あい》の湯』の、担当部署である。

沙名子は経理部における担当者だが、経理的に問題になることはなかった。合併の主眼はオーガニックの化粧品会社であるトナカイ化粧品のほうで、『藍の湯』はおまけのようなものだ。もともと天天コーポレーションと提携していた会社で、経営は順調だった。わざわざ合併したのが不思議になる。

「問題というほどじゃないが、経理処理のやり方が変わると思う。これまで物品販売は営業部の収益にしていたけど、事業部扱いになる」

勇太郎は事務的に言った。

「ということは営業部の利益が減りますね。納入担当はこのまま？」

「いや、おそらく経路を簡素化する。事業部が直接、製造部から納入するってことになるんじゃないかな。格馬社長の人事異動の方針について、営業部と事業部が反対みたいで。そのことを含めての会議です。──このことはオフレコにお願いします」

「わかりました」

沙名子は言った。

営業部販売課の銭湯の担当者は鎌本《かまもと》と亜希《あき》である。亜希は東北方面の営業にかかりきりだから、実質、鎌本の担当だ。

人事異動で鎌本が事業部に行くなら歓迎する。鎌本はこの数年、変に要領だけよくなって、好ましくない方向に成長している。営業部員としてはベテランだが、同じ場所に長くいるのも考えものだ。

「科目ごとに精査したものが必要ですか」

沙名子が尋ねると、勇太郎は少し考えた。

「提出する資料としては不要です。ただ森若さんの私見で気づいたことがあったら教えてください。森若さんはスーパー銭湯には行ったことがありますか？」

「たまに行きます」

沙名子は言った。先日もひとりで行ったばかりである。あのスーパー銭湯は、『藍の湯』ではなかったが。美月が好きなので情報が入ってくるのだ。

「それならよかった。俺は行かないから実情がわからない。参考にします」

「わかりました」

沙名子が答えると、勇太郎はうなずいて会議室にとんぼ帰りしていった。

「——森若さん、何か郵便局で出すものないですか……」

仕事に戻ろうとすると、真夕から弱々しい声がかかった。

真夕はさきほどから自分のノートを眺め、電卓を叩いてはPCに打ち込んで頭を抱えていた。数字が合わないらしい。何枚かプリントアウトされたものがデスクにあるが、見るからにややこしそうな表である。

勇太郎は指導するときは容赦《ようしゃ》がない。外の空気を吸って、いったんリセットしたい気持ちはわかる。

沙名子は苦笑した。

「コーヒーを買いに行くくらい別に、用事がなくてもいいんじゃないの。今日はやることが多いでしょう」

「いちおう自分ルールとして、ほかの仕事のついでってことになっているんですよ……。コーヒーだけをOKにすると、いつか肝心の用事のほうを忘れそうで」

「――確か、マルニチ工業さんから領収書の発送依頼があったはずです。さきほど入金処理しました。出していただけると助かります」

美華が口を挟んだ。真夕はPCに向き直り、マウスをクリックする。

「本当だ。じゃあたしがやっておきます」

「よろしくお願いします」

美華は真夕を見ないで言った。

プリンターが領収書を吐き出し始める。完成した領収書の入った封筒とカード入れを持って、真夕が経理室から出て行く。

「優しいですね」

沙名子は美華に声をかけた。

「何がですか。わたしは領収書の発送を頼んだだけです」

「そうですね」

クールぶるのは美華の癖である。仕事に詰まったときに真夕がコーヒーを買いに行くことで頭を休め、気合いをいれるということは経理部の全員が知っている。近くにいる涼平の唇が笑っている。美華は、自分が部内の空気を和《なご》ませているなどとはけして認めないだろうが。


沙名子は手元の仕事を終えると引き出しを開け、『藍の湯』の資料を取り出した。

合併前の正式な社名は、篠崎温泉ブルースパ。合併により会社の名前は消え、経営していたスーパー銭湯『藍の湯』は、そのまま天天コーポレーションの直営になった。

関東圏内で『藍の湯』が三軒、天天コーポレーションの直営だった『パラダイスバスカフェ』――通称パラカフェが一軒。計四軒が事業部の経営下になった。

正社員は合計で三十八名。現場で働く従業員は非正規社員――契約社員とアルバイトが多い。パラカフェの店長の小針《こばり》も契約社員だ。イベントごとの募集や店内飲食に関わるアルバイトも含めると、入れ替わりは常にある。

今は、事業部の事業所は練馬《ねりま》区にある『藍の湯』の本店ということになっている。まだ手が回っていないが、おいおい本社営業部のフロアの一角に事務スペースを作ることになるだろう。

合併してから半年だが、特に問題になることはなかった。篠崎温泉ブルースパは、もともと資本よりも人件費にかける会社だった。給与も福利厚生も天天コーポレーションと同程度の水準。つまり中小企業にしてはいいほうということになる。設備費、保守費も潤沢。ユーザーの評判もいいし、天天コーポレーションの理念とも合う。

合併前の社長は村島小枝子《むらしまさえこ》、七十二歳。今はトナカイ化粧品の社長と同じく、天天コーポレーションの社外取締役である。合併時は執行役員だったが、すぐに実務からは引退している。

沙名子は村島小枝子を見たことがある。円城《えんじょう》格馬と美月の結婚式に来ていたのだ。円城格馬側の受付に来たのだが、大柄で迫力のある女性だった。合併前のパンフレットには、創業者としてピンク色のスーツを着たバストアップの写真が掲載されている。血色がよく、七十過ぎには見えない。整った顔立ちの女性である。

現在の『藍の湯』は、天天コーポレーションの営業部長の吉村が事業部長を兼ね、村島小枝子の長男、村島臨《のぞむ》が副部長となっている。方針は天天コーポレーションが決めるが、実務は村島臨が行っている。

東京店の店長は、村島実奈《みな》。二十八歳——村島臨が四十四歳だから娘ではないだろう。村島小枝子、臨の親族といったところか。

いちばん大きい茨城店の店長は、三木《みき》初音《はつね》、四十九歳。埼玉支店の店長は三木良幸《よしゆき》、四十歳。

沙名子はふと思いたって、事業部内の名簿を検索してみる。

ほかの幹部社員も、村島姓と三木姓が目立つ。これまで窓口として応対してきた経理担当者の名字も三木だった。

「家族経営——か……」

沙名子はつぶやいた。

創業者一族が経営者であるというのは天天コーポレーションも同じだ。悪いことではない。

篠崎温泉ブルースパ――『藍の湯』は、女性社長の村島小枝子が三十年前に起こした会社である。最初は茨城県で小さな温泉旅館をやっていたのだが、不況で旅館がなくなり、女将《おかみ》だった小枝子が都内でスーパー銭湯の事業を始めたのだ。天天石鹸との取引は、温泉だったときから始まっている。

ひとりで創業し、三店舗を持つまで会社を大きくしただけあって、村島小枝子の存在感は大きい。天天コーポレーションとの合併も、独断で急に決まったらしい。

社員たちは戸惑っていたが、反発したという話は聞かない。会社への信頼が厚いのだ。もうひとつの合併先、トナカイ化粧品の社長の失敗と合併に至るまでのゴタゴタを知っている身としては、担当がこちらでよかったと思っていたところだ。

創業者である村島小枝子が事実上引退したということは、頼みの鶴の一声がきかなくなるということでもある。

沙名子はじっと数字を眺め、個人の経理データに移動する。

篠崎温泉ブルースパ、『藍の湯』に、オリジナルの経理システムはなかった。市販のソフトで担当者が記帳し、そのまま旧知の会計事務所に丸投げしていた。天天コーポレーションの外注先であるエンジニアが合併にあたり経理システムをひとつにし、今は本社の経理部で統括している。

天天コーポレーションの経理システムの名称は、Tenten Corporation Association System——略して天かす。社員のPCには必ず入っているものである。経理部員にとってはおなじみのシステムで、沙名子が出社してログインしない日はほぼない。

沙名子は社員の給与明細を呼び出し、事業部で検索した。

給与水準と福利厚生は天天コーポレーションに合わせているが、異動がなかったので金額はそれほど変わっていない。明細は毎月、エンジニアが機械的に出力して送付している。

続けて合併前のデータを呼び出す。

東京店の店長である村島実奈の給料は五十二万円。事業副部長の村島臨の給料が、八十万円。端数はない。

……ずいぶんきりがいいな。

役付の社員の給料が高いのは当然だが、実際の仕事内容と比べてどうなのか。このあたりは会議の俎上《そじょう》にあがりそうである。

ほかの社員を調べ、ついでに社員の中で村島姓と三木姓に絞ってみた。

今年のボーナスには端数があったものの、去年——つまり合併前の最後のボーナスは三十万円から百万円だった。それに税金と各種の調整金を除いた額が支給額ということになる。合併したことで、彼らの七月のボーナスは二割ほど落ちている。

沙名子は村島臨の個人データを眺める。

勇太郎によれば、営業部と事業部は円城格馬の人事方針に反対しているらしい。事業部というのは、村島臨の意見として間違いはないだろう。村島小枝子が独断で合併を決めたとき、後継者である臨が蚊帳《かや》の外だったとしたら、臨は面白くないのに違いない。

いくら吸収合併だとはいえ、何かミスを犯したわけでもないのに幹部社員から副部長クラスになる。天天コーポレーションの営業部長の下位におかれ、給与が落ちるというのは屈辱《くつじょく》的だ。もうひとつの合併先、トナカイ化粧品の社長は、会社を傾かせた責任を負うこともなく社外取締役になっているのだ。会社組織というものの理不尽さだ。

さらに天天コーポレーションは、家族経営でやってきた人事に口を出そうという。

沙名子は再び引き出しを開け、何回か話した『藍の湯』の経理担当者の名刺を引っ張り出す。

経理担当者の名前は三木理恵《りえ》。三十代――ベテランと言っていい事務員である。

沙名子は合併にあたり、理恵から市販のソフトで作った経理台帳のデータを受け取り、エンジニアに渡す前に細かいすりあわせをした。大まかな説明は会計事務所の担当者と、事務員の契約社員の男性から受けた。経理の実務は彼らが行い、理恵は言われるままに入力をしていただけのようだ。

理恵からは天天コーポレーションへの反感は感じなかった。むしろ、つきあいの長い天天コーポレーションと一緒になれてよかった、というようなことを言っていた。

沙名子はしばらく考え、最後に帳簿のデータと決算書を取り出す。どんな疑問があるにしろ、経営状態を見るならこちらが本命である。


スーパー銭湯『藍の湯』本店の正面玄関、見やすい場所に、アルバイト募集！　というカラープリントが貼ってある。

時給千二百円。時間は応相談、昇給あり、早出残業手当あり。年齢性別不問。仕事内容は受付、物品販売、清掃など。制服と食事支給。※就業時間中に更衣室および浴室に入ることはありません。

時給千二百円はいいほうなのか悪いほうなのか。この※はなんなのかと思いながら沙名子は広い玄関に入る。受付で名乗ると、スタッフ専用の階段を上がるように言われた。

ここは店舗としては最初にできたところである。

沙名子は系列店の茨城県のスーパー銭湯のほうは美月と行ったことがあったが、ここに来たのは初めてだ。

本店というのでどれだけ大きいのかと思ったが、中規模のスーパー銭湯だった。浴室と飲食スペースのほかにも、岩盤浴、フェイシャルエステ、マッサージ、そのほかのサービスが充実している。繁盛しているようで、平日昼間だというのに主婦や子どもたち、高齢の男女で賑《にぎ》わっている。

二階に上がると事務フロアがあり、社員たちがおなじみのねずみ色のデスクに座っていた。全部で五人ほどである。デスクの上にはマグカップが置かれ、のんびりと事務作業をしている。かすかにソースの匂いがすると思ったら、奥のほうで誰かがたこ焼きかお好み焼きを食べているようだ。

「天天コーポレーション経理部の森若です。三木さんはいらっしゃいますか？」

沙名子が声をかけると、いちばん近い場所にいる、眼鏡をかけた男性が顔をあげた。

ワイシャツにネクタイを締めた高齢の男性だ。確か、大手企業を退職後に雇われた契約社員のはずである。彼は黒い腕カバーをつけた姿で書類に向かっていた。

「どちらの三木でしょうか」

「経理担当の三木理恵さんです」

「はーい。理恵さーん、お客さんですよ」

男性の横にいた女性が代わって、フロアの奥へ向かって呼んだ。一回会ったことのある、三木理恵が出てくる。

制服ではないが上半身だけベージュの作業着を着て、足下はサンダルだ。沙名子が何回か経理の引き継ぎとシステムのレクチャーをした。この事務所にも天天コーポレーションのシステムは入っているはずである。今でもたまに使い方がわからないという電話が来る。

「森若さん、こんにちは。合併前の経理書類を見たいということでしたよね。——こちらへどうぞ」

理恵はにこやかに言い、沙名子を応接室に案内した。

沙名子は応接室のソファーに座った。さきほどの女性が、急須《きゅうす》で淹《い》れたお茶と、温泉まんじゅうをテーブルにふたつ置く。

理恵が来る前に沙名子は応接室を見渡した。合皮のソファーといい、傷の多いテーブルといい、利益の出ている会社にしては質素だが、荒れた感じはない。壁には何かの賞状が誇らしげに掲げてある。

その賞状の隣に、額縁に入った写真がふたつ飾られていた。

ひとつは最近のもの——一年前、合併の直前だ。五十人はいるだろう集合写真である。場所はさきほどの正面玄関の前だ。中央にいる村島小枝子を囲むようにして、全員が笑っている。写真の右上のすみには、丁寧にも丸い枠に三人の顔がおさまっている。おなじみの欠席者の顔である。

合併が決まったあと、従業員たちが全員で記念写真を撮ったのだろう。沙名子は思わず微笑《ほほえ》みたくなる。彼らはこの会社を好きで、楽しく働いていた。その愛社精神が天天コーポレーションにそのままスライドすればいいのだが。

もう一枚はもっと古い、家族写真だった。

右端にいる女性は村島小枝子。今よりも若い——おそらく四十代前後だろう。今から三十年くらい前ということになる。はっきりとした顔立ちですぐにわかった。場所は同じだが、建物がもっと古く、空へ向けて古びた煙突《えんとつ》がそびえている。察するところ、地域の銭湯を小枝子が引き継いで、『藍の湯』を始めたころだろうか。

小枝子は笑顔で小さな男の子を抱いている。小枝子の両どなりには中学校の制服を着た女の子と、彼女よりも背の低い少年がいる。少年は泣きべそをかくような顔をして、小枝子のエプロンの裾《すそ》をつかんでいる。小枝子のうしろには同年代の男女がいて、にこやかにカメラを見ている。

男女のうち、男性のほうに見覚えがある。誰だろう——と考えて思い当たった。

「——これ、ひょっとして、天天コーポレーションの、円城野洲馬《やすま》さんですか」

ちょうど入ってきた理恵に、沙名子は思わず尋ねた。

円城野洲馬——天天コーポレーションの創業者で、引退した元社長——円城格馬の父親は、ややぎこちない顔でカメラを見つめている。どこかで見たと思ったのは、顔立ちが格馬に似ていたからだった。

「あ、わかりますか？　鎌本さんはまったく気づかなかったのに」

理恵はおかしそうに言った。

「そうだったんですか。だいぶ前ですよね」

沙名子は言った。

篠崎温泉ブルースパと天天コーポレーションが長いつきあいなのは知っていたが、家族ぐるみのつきあいがあったとは知らなかった。

「小枝子さん——うちの社長は、天天の社長さんちで子守りをやっていたんですよ」

理恵は写真を眺めて目を細めた。沙名子が気づいたのが嬉《うれ》しいらしい。

「子守り？」

理恵は写真の中の小枝子を指さし、うなずいた。

「そうです。今だったらベビーシッターですよね。小枝子さんが抱っこしている子は、今の天天コーポレーションの社長さんです」

「円城格馬社長ですか。ぜんぜん知りませんでした」

「茨城から上京してきた一時期でしたからね。とてもお世話になったそうですよ」

小枝子が格馬のシッターをしていたとは、美月からも聞いたことがなかった。社内での噂になったこともない。沙名子が聞いたのは、地方の小さな温泉を経営していた村島小枝子が東京に出てきて、四十歳のころに篠崎温泉ブルースパ――『藍の湯』の第一店舗、つまりこの店を始め、それから三十年が経《た》って天天コーポレーションと合併した、ということだけである。

理恵はおかしそうに笑った。

「小枝子さんはシングルマザーだったんです。茨城で旦那《だんな》さんを亡くされて、旅館を畳《たた》んで東京に出てきて、円城家に住み込みで雇ってもらったんですって。だから、臨さんと初音さんは円城さんの目黒《めぐろ》の自宅から学校へ通ったんです」

「そうだったんですね。今回の合併もその縁なんでしょうか」

「それはわからないですけど、小枝子さんは、野洲馬さんにはお世話になったとよく話していましたよ。こっちで銭湯を開くことができたのは天天コーポレーションのおかげだって。義理堅い人なんですよね」

「先代社長ならやりそうなことだと思います」

沙名子は言った。

円城野洲馬は、天天コーポレーションの創業者である。正確には、九州の小さな石鹼メーカーだった天天石鹼を大きくし、東京で株式会社にした男。彼は、天天コーポレーションが大きくなったのは創業時にあちこちの小さい温泉が天天石鹼を使ってくれたおかげだと言って、今でも利益を度外視して、地方の温泉への納入を切らない。

この数年は体調が優れず、去年の下半期に息子である円城格馬に会社を譲って勇退した。格馬が結婚した今は、経営から完全に手をひいて静養している。

写真の中の円城野洲馬は小柄な中年男だったが、野心に燃えた顔つきをしていた。三十年以上前、東京に出てきたばかりの天天石鹼は時代の波に乗って大きくなろうとしていた。幹部社員となる新島《にいじま》や姉崎《あねざき》の助けを借り、億単位の借金をして工場を建て、新発田や吉村という若手社員を得て成功しつつあったころである。

ということは円城格馬も、小枝子と最初から知り合いだったのか。小枝子の子ども――おそらくこの姉弟とは幼なじみと言っていいのか。

「この男の子が、今の村島副部長なんですね」

沙名子は言った。

「そうですね。初音さんと臨さん。初音さんはわたしの義理の姉でもあるんですが」

「お姉さんですか？」

「わたしの兄が、初音さんの旦那さんなんです。兄は別の会社に勤めてますけど。わたしは専門学校を卒業したあとのらくらしてたら、義姉《あね》に働いてみないかって言われて。そのときはちょうど、茨城に店を開くときで、こっちの人手が足りなくなってたので。わたしの友達も入れてもらいました。少し働くだけのつもりだったのに、産休や育休をはさんで長くなっちゃいました」

理恵は写真を見ながら笑った。

理恵は朗《ほが》らかである。上司を下の名前で呼んでいるのも自然だし、仲がいいのだろう。理恵の給料の額を知っているだけに、就職活動をしないで条件のいい会社にあっさりと決まったのはうらやましい。

「確か、もうひとつの店の店長も三木さんと仰《おつしや》いましたね」

「そうですね。良幸さんは、わたしの従兄弟《いとこ》です。こっちも人が足りなかったから、会社を辞めて店長になってもらったんです。ややこしいですよね。社長——今は副部長か、彼は義理の姉の兄でもあるし、うちの店長の実奈さんは初音さんと臨さんの父方の従姉妹《いとこ》だから、こっちからしたら親戚みたいなもんだし。実奈さんて若いし、めったにここには来ないんですけど。うちの社員みんなが、会議とかで集まると、親族の集まりみたいになっちゃうんですよ」

「めったに来ない——というと、経営の実務はどなたがやっているんでしょうか」

「臨さんがいるときは臨さん。あとは事務の人がいるから。彼は契約社員なんですけどね。優秀だけど年齢が上なので、無理しないで週に三日だけ働いてもらってるの。小枝子さんて、そういう人をどこからか見つけてくるんです。契約社員の人たちには本当に助けられてます。わたしなんかよりもよほど役に立ってますよ」

「本当に家族経営なんですね」

沙名子はつぶやいた。

村島実奈、二十八歳——沙名子は本店の店長の名前を思い浮かべる。合併前の給料は五十二万円。

創業者の小枝子が店を三つ作る。自分が社長で息子が副社長、店長は娘と親族。事務員も親族で、彼女の友達もついでに雇ってもらう。実務は優秀な経験者を契約社員として雇う。ほかにもつながりのある社員がいそうである。

そして社長が引退したあとの合併先は、昔から懇意《こんい》にしていた天天コーポレーション。シッターをしていた子どもが社長をしている。どこまでも家族経営の延長である。

「村島社長はやり手だったんですね。シングルマザーで女性社長とか」

沙名子が言うと、理恵はうなずいた。

「すごい人ですよ、小枝子さんは。見た目はどこにでもいるおばちゃんですけど。去年、急に天天コーポレーションと合併するって聞いたときはびっくりしたなあ。いい会社だから、この際、みんな社員になっときなさいって言われました」

理恵は沙名子が天天コーポレーションの経理部員であることを忘れていそうだ。

「みなさんは吸収合併に反発はなかったんですか?」

「ありがたいって思う人のほうが多かったんじゃないかしら。わたしなんて主婦のパートの延長で、銭湯でずっと事務やるつもりだったのに、いきなり天天コーポレーション社員なんて嬉しかったですよ。心配といえば、売れ残りのたこ焼き食べたり、帰る前にお風呂に入るのを禁止されたらどうしようって言い合ったくらい」

「どうだったんですか」

「おかげさまで、みんな今でもお風呂に入ってから帰ってます。パートとか、学生のアルバイトさんが多いので助かっていますよ。小枝子さんが、子どもが小さかったら連れてきて、勝手に入っていいよとか言ってくれてたんです。あ、これ、上の人には内緒でお願いします」

「言いませんよ。村島小枝子さんは、気のいい人だったんですね」

沙名子は言った。理恵はここの仕事に満足しているようである。経理担当といっても細かいことは会計事務所と契約社員に任せているし、そもそも煩雑《はんざつ》な計算はない。異動があって経理部に来たら、仕事を任せられるだろうかと考える。

沙名子はファイルをめくり、天天コーポレーション事業部──『藍の湯』の人権費について確認した。話が途切れたところで顔をあげて言う。

「すみません。お手数ですが給与明細を見せてくださいませんか」

「──えっ？」

理恵は意外そうに目をぱちくりさせる。

「ええと、給与明細なら、今は毎月、そちらから送付していただいていますよね」

「今のものではなくて、正式合併前──今年の三月以前のものが見たいんです。去年のものでも一昨年のものでもいいので」

「それは──今すぐに出てくるかどうか……」

理恵は言葉を濁している。それはない。いくらもう使わないとはいえ、給与明細という根幹のフォーマットをすぐに削除するわけがない。すぐに出てこないとしたら、事務能力に問題があるか、隠したいことがあるかだ。

「合併前、篠崎温泉ブルースパは、給与計算に市販の経理ソフトを使われていましたよね。

あらためて精査してみたところ、印刷のフォーマットを使われた形跡がなかったんです。ひょっとしたら、社内のみの別の印刷フォーマットで作成していたのではないかと思いまして。電子ではないですよね。印刷を外注されていましたか？」

理恵はどぎまぎした顔で沙名子を見つめている。うしろめたいのではなく、誰かから厳しく問われるということに慣れていないのだ。沙名子はつとめて穏やかに言った。

「参考にしたいだけです。経理に不備はありませんし、合併前のことですので咎《とが》めるものではありません。社員ならどなたのものでもいいですし、数字を見せたくないのであれば、付箋《ふせん》か何かで隠していただいてもいいです。よろしくお願いします」

「はい……あの……。ちょっと、お待ちください」

理恵はうろたえながら立った。

楽しい雑談の中にいきなり場違いな仕事の話を持ち出してしまったようで気まずくなる。

沙名子は壁にかかっている写真を眺め、ゆっくりとお茶を飲んだ。

家についたのがいつもよりも早かったので、ゆっくりと風呂に入ることにした。

経理部は基本的に内勤だが、たまに外に行く用事があるときは定時に仕事が終わるタイミングにする。外で仕事を終わらせて、そのまま会社に戻らず帰れる解放感は何ものにも代えがたい。

翌日にタイムカードの打刻修正をすることは面倒だが。だから早くスマホで勤務申請をできるようにしろと言うのだ。

それも近いうちに叶うかもしれない。円城格馬は社内の事務手続きの簡略化をしたいらしい。そのうち経理や労務のシステムにも着手しそうだ。

天天コーポレーションの改革が始まってから一年経つが、格馬の目指す方向はわかる。

天天コーポレーションは成果主義に舵《かじ》を切り、アジアを皮切りに海外進出をして、地方の小さな温泉から離れていくことになるのだろう。固形石鹸と入浴剤にこだわるのもいつまでになるか。

人間は機械じゃないと言ったのは山崎《やまざき》だった。ドライそうに見える山崎が、湿っぽい吉村部長の側につくのは意外である。

そして、ウエットといえば事業部だ。

沙名子は最近の美月の新作、温泉入浴剤の白い湯に肩を沈めながら考える。

天天コーポレーションとベクトルは同じと言えなくもないが、湿っぽいといっても比ではない。幹部社員が親戚ばかりで、雇われている社員もほとんどがコネなのだ。非正規社員のほうがきちんと経歴を見て面接しているくらいである。社員の給与水準が高いのは親戚同士だからだ。要は身内に甘いのである。

しかしそれで回っている。経験豊富な契約社員が社員並みの仕事をしているようだが、彼らもスキルを活《い》かして仕事ができて満足している。社員たちが幸せで、アルバイトたちも働きやすそうで、回り回って客たちがのんびりとくつろげるのも事実なわけで——。

ゆっくりと体と髪を洗い、シートパックを終えて、沙名子は風呂を出た。

美月の開発したパラダイスバスは最高である。理恵がすすめてきたように、帰り際に『藍の湯』でお風呂に入ってもよかったなと思う。

久しぶりにゆっくりと映画を観るか、お弁当用に揚げものでも作るかと思いつつ、台所で冷凍の食材を見ていたら、スマホが鳴った。

『——あ、沙名子。今何してた？』

電話の相手は太陽である。何やら浮かれている。そういえばスマホに、今日は早く帰れそう！　と入っていたのだった。だから何なのだと思いつつ放っておいた。

「料理のメニューを考えていたところ。お風呂から出たばかりだから動画はダメ」

冷蔵庫から鶏肉《とり》と人参《にんじん》を取り出しながら沙名子は言った。スマホからはざわざわした音がする。家からかけているのではなさそうだ。

『そうかー。俺はスーパーに来てみた。食べて帰ろうと思ったんだけど、たまには家で作ろうかなって。沙名子にエビフライの作り方教わったし』

「エビフライは難度高いわよ」

『じゃハンバーグとか』

「ハンバーグは火を通すのがけっこう……。いや頑張って。ネットに作り方たくさんあるから」

　思わず指南したくなる自分を沙名子はこらえる。料理なんて失敗しながら覚えるものである。沙名子は太陽の親ではないし、自分が料理をする側に固定されるのも嫌だ。

　太陽はなぜか沙名子に手料理を作ってもらいたがる。食べたいものがあるなら自分で買うか作るかするのが一番ストレスがないと思うのだが。するりと人に甘えられるというのは営業のスキルなのか。下手《へた》をしたらうまく使われそうで、うっかり乗らないように気をつけねばならない。

「スーパーから電話かけてるの？」

『だってひとりじゃ寂しいじゃん。あ、レジの順番来た。またかける』

　最近、太陽は寂しがり屋なのかなと思うようになった。

　人なつこくて誰とでも仲良くなるのは、ひとりでいることに耐えられないからだ。太陽はひとりっ子で、両親と祖父母に可愛《かわい》がられて育った。自分は周囲を明るくするために生きていると信じている。ひとりでいる人を見ると気になってならず、声をかけずにはいられないらしい。

最初に沙名子のことが気にかかったのも、ひとりでいたからかもしれない。性質としては似ていなさすぎて平行線なのに、太陽が沙名子を好きなのが不思議だ。なぜなのか訊《き》きたいが訊けない。

ひき肉と玉ねぎを買ってスーパーを出たあと、太陽はまた電話をかけてきた。沙名子はスマホをスピーカーにし、鶏肉を切りながら尋ねる。

「太陽って、『藍の湯』って行ったことある?」

『あるよ。納入に何回か行った。鎌本さんの代わりで』

太陽の答えは明快である。

「創業者の女性社長さんが、うちの社長の家に住んでたって知ってた?」

『えーなんだよそれ。初耳。昔、うちがいろいろ世話してたってことは知ってたけど』

「じゃ有名でもないのね。本店の人とは話さなかった?」

『うん、鎌本さんは「藍の湯」好きじゃないから。ほかの銭湯よりも優先度低いっていうか、こっちが世話をしたほうなんだから、こっちから仲良くなる必要はないみたいな。俺は、もうちょっと気にかけてもいいと思うんだけどね。だから合併のことも、発表があるまでまったく知らなかったんだよ。あと、たぶん……あそこは年齢層が高めだからかな』

最後の言葉だけは太陽は言いにくそうだった。

しかし腑《ふ》に落ちる。理恵の性格からして、普通に雑談を交わす仲ならば、天天コーポレーションと『藍の湯』との関わりが話題にあがっても不思議ではない。

出てこなかったのは、事務員の女性たちが鎌本を嫌っていた――少なくとも深い話をしたくなかったからだ。鎌本が、中年女性へ侮蔑《ぶべつ》のような感情を持っていることにうすうす気づいていたのだろう。鎌本は営業マンとしてそつのない男だが、末端のパート社員や従業員に好かれていない。銭湯となれば素をさらす場所だから、なお警戒されるのはおかしくない。鎌本は帰る前にお風呂に入っていきなさいとは言われないのに違いない。

太陽がいなくなって、担当だったドラッグストア関連の売り上げは一時的に落ちた。太陽はドラッグストアの従業員から人気があったというのは嘘《うそ》ではなかった。鎌本で大丈夫なのかと思ったが、最近では持ち直してきている。おそらく太陽の後任の亜希がこまめにコミュニケーションを取り、信頼を回復したからだろう。鎌本は運の強い男だ。

『俺も帰ったら行くよ。「藍の湯」、パラカフェの店長の小針さんが店長になるかもしれないんだよね。小針さん、すごくいい人だから』

「――店長？」

沙名子は肉を切る手を止めた。

パラダイスバスカフェ――天天コーポレーション直営のスーパー銭湯については、合併前から担当だったので内情を知っている。なんなら給与計算もしている。パラカフェの店長である小針は三十代の女性で、大手のチェーンレストランから引き抜かれてパラカフェの店長になったのだ。太陽は担当者として小針と仲がよかった。

「小針さんが、『藍の湯』の店長になるの？」

『まだわからないけど。パラカフェのフロアリーダーの八代《やしろ》くんがこの間大阪に遊びに来たんで飲んだんだよ。八代くんもそろそろ落ち着きたいみたいでさ。俺も正社員になれませんかねって言われたから、吉村さんに言っとくことにした。バイトは気楽だけど、やっぱり三十近くなると考えちゃうよな』

「小針さんは契約社員から正社員になって、『藍の湯』のほうの店長になるってことなのかしら」

どこまでも続きそうな太陽の言葉を遮《さえぎ》って沙名子は言った。

小針は契約社員である。店長だけあって正社員と同じだけの待遇だが、パラカフェが一時的なものでなく、事業部の中に組み込まれた現在は、正社員になってもおかしくない。

ほかの『藍の湯』の店長が社員だということを考えるとバランスが取れない。

『八代くんの口ぶりだとそうだったね。小針さんてなんでもできるんだよ。センスもいいし、接客もうまいし。「藍の湯」を女子が入りやすいように変えるんじゃないかな』

「だったら、今の『藍の湯』の店長さんはどうなるの？」

『そのへんは俺はわからない。人事なんて、発表があるまで謎だよね』

「そうね。——八代さんも、正社員になれたらいいね」

『うん。俺は八代くんは営業でもいけると思うんだよな。パラカフェのクリスマスイベントでトラブったときあったじゃん。あのときすっごく頼りになったから。あと、たこ焼きを焼くのがうまい。あれは大阪でも通用する』

太陽は、パラダイスバスカフェのフロアリーダーと今でも連絡を取り合っているようだ。沙名子にとってはそちらのほうが驚きである。

小針とは話したことがある。一見おっとりしているが店の運営に慣れていて、事務的なことを正確にこなす女性だ。人当たりがいいのでどこでもやっていけそうだが、全員が親戚のような事業部の幹部社員たちの中に割り込んで、新しいことができるのか。

「当分、出張はないの？」

『どうかなー。小針さんが店長になったら挨拶《あいさつ》くらいはしたいけど。あまりちょくちょくはひとりで取り残される。

会いに来い、いやわたしが行くと言うべきなのか。考えているうちに電話は切れ、沙名子

こういうときは返す言葉に困る。ありがとうか、わたしもそうですか、だったら週末に

『そうなんだよ。あー沙名子に会いたいなー』

「今の仕事を放るわけにはいかないよね」

行くのもね』

沙名子が営業部のフロアに入っていくと、鎌本のデスクの横に村島臨が立っているのが見えた。

臨を社内で見かけたことは何回かあった。隣には若い女性がいて、ファイルを抱きしめるように抱え、鎌本と向かい合っている。

事業部長が吉村、副事業部長が村島臨なので、彼らが本社に来たときに営業部に顔を出すのは自然である。雑談の邪魔をしたくないのできびすを返しかけると、鎌本から声がかかった。

「あ、森若さん。何か用?」

鎌本は機嫌がいい。目の前にいる女性のせいだろう。目が大きくて髪が長く、少し恥ずかしそうに微笑んでいる。鎌本が好きそうな女性である。

「事業部内への納入と、物品販売の現金の売り上げ処理の確認です。今月から銭湯の売り上げ分を社内事業部と社外とで分けるので。担当窓口は鎌本さんでよかったですよね。鎌本さんのいいときにお時間をいただければ。二十分ほどで終わると思います」

沙名子はつとめて事務的に言った。

「――経理部の森若さんですか？」

横から声をかけてきたのは臨である。

名指しされると思わなかったので、沙名子は少し身構える。

臨はグレイの仕立てのよさそうなスーツを着て、ネクタイを締めている。写真よりも若く精悍《せいかん》に見える。

この雰囲気は誰かに似ているなと思ったら、円城格馬だった。格馬も創業者の二世――天天石鹸の時代から数えると三世だ。そういえばトナカイ化粧品のボンクラ社長（言ってしまった）も二世だった。

数十年前に起業した中小企業にとっては世代交代の時期なのかもしれない。村島臨ははたして敏腕かボンクラか、どっちだ。

「はい。そうです」

沙名子は言った。直接話すのは初めてである。

「事業部副部長の村島臨です。こちらは本店店長の村島実奈です。——先日、本店のほうへ来ていただいたそうで」

臨は言った。皮肉が入っているように聞こえるのは考えすぎか。

「確認したいことがありましたので。経理担当の三木さんに対応していただきました。店長の村島さんにご挨拶できず、失礼いたしました」

「いやあ、村島実奈さんは若いのにすごいですよね。店長とか。俺も知っていたら、もっと頻繁《ひんぱん》に顔を出していたんだけど。これからはもっと行くようにしますよ」

鎌本が言うと、実奈は慌てたように手を振った。

「いえ、わたしは村島副部長の言う通りにやっているだけなので」

「もしかして、村島実奈さんは副部長の親戚ですか」

鎌本が尋ねた。名字が同じなので気にかかっていたのだろう。耐えきれないように臨と実奈を見比べる。

「そうですが、会社に入ったら親戚とかそういうのは関係ないです。森若さん、うちに何か、経理の不備がありましたか？」

臨が尋ねた。

「合併以前の給与明細書に不明な点があったので、確認をしただけです。これから半期決算ですし、処理方法が変わるので、連絡が多くなるかと思います。対応していただければありがたいです」

「――そうですか」

臨は少し落ち着かないようだった。

臨は天天コーポレーション――格馬の意向を察しているのだろう。事業部の変革を目指し、人事異動があるかもしれないということを。鎌本は知らないようだが。

小針の正社員登用、『藍の湯』の本店店長への異動の件は、私的に聞いたことなので口に出すわけにはいかない。

小針が『藍の湯』本店の店長になったら、実奈がどこかに異動になるわけである。

実奈はにこにこしながら沙名子と臨を見ていた。上司に連れられてやってきた新入社員のようだ。『藍の湯』の本店の店長なのだから、何か言ってもいいと思うが。そもそも本社の経理部員が確認に来る、ということに対する危機感はないのか。

話していたら会議室の扉が開き、吉村部長が出てきた。続いて円城格馬社長と、新発田部長、勇太郎もいる。勇太郎は考え込むようにうつむき、少し遅れて会議室のドアを閉めた。

「お待たせしました、村島さん。遅くなりまして。昼、行きましょうか」

吉村部長が臨に向き直った。やけに機嫌がいい。こういうときは何かある。

合併したからには当然だが、事業部――『藍の湯』からは村島家の色が徐々になくなっていくのだろう。臨が口を出したくても、部長でもない身では言えまい。経営の方向に口を挟めるのは社外取締役の村島小枝子だけだ。

「いいですね」

あまり嬉しくなさそうに臨が答えた。

「鰻《うなぎ》でいいですかね。鎌本、予約取って。おまえも来い。あとは社長と新発田と――」

「私は結構です。仕事があるので」

勇太郎は断った。吉村部長が一瞬不機嫌になり、円城格馬が勇太郎に目をやる。鎌本が慣れた様子で電話をかけ始める。

勇太郎は頓着《とんちゃく》せずに一同の間をすり抜ける。沙名子も一礼して後を追った。

「会議はどうでした？」

廊下を歩きながら沙名子は勇太郎に尋ねた。

勇太郎は少し痩《や》せたようだった。顔色は悪くないが、顎《あご》のあたりが骨ばって見える。忙しいとあまり食べなくなるのである。

「普通かな。村島さんが店長を連れてくるとは思わなかった」

「人事異動があるというような噂を聞きましたが」

勇太郎は沙名子を見た。

「どこから？」

「言えません。経理処理の手順が変わりそうなので、面倒だと思っただけです」

「面倒というのは、口にしないほうがいい言葉だな」

「気をつけます」

沈黙が落ちる。勇太郎は歩をゆるめた。先日に沙名子が報告した、合併前の事業部——篠崎温泉ブルースパ、『藍の湯』の経理の状況について考えているのに違いない。

沙名子は三木理恵から合併前の給与明細のコピーをもらった。当然ながら勇太郎にも見せてある。

給与明細は単純だった。Ａ４の紙に、名前と合計の給与額と、天引きの全部を足した額と、支給の給与額を打ち出しただけなのである。

合計四行。残業代は？　有給消化日は？　社会保険と所得税、そのほかの天引きの明細は？　と尋ねると、ちゃんとしていますからと答えられた。

それは事実だった。数字は合っている。タイムカードは保管してあったし、社員の各種の福利厚生の届け出はしてある。税金と保険の処理は、決算業務とともに会計事務所が行っている。事務所にある情報がまったく連動していなかっただけだ。勤怠《きんたい》管理に使っているのは昔ながらの打刻機械、ほかの情報はスタンドアロンのＰＣと手書き台帳である。会計事務所からの書類は封筒に入れたまま棚に並べてあった。

給与明細の内訳がきちんと書かれるようになったのは、合併後ということになる。

経理に不正はない。間違いもない。だが雑である。

すべての数字が大雑把《おおざっぱ》だ。規定がなく、なんとなく決めている感じがある。おそらく人件費だけではない。会計事務所もそうだが、施工業者や取引先の会社はつきあいの長いところばかりで、相見積もりを取っていない。

篠崎温泉ブルースパ、『藍の湯』は、社員にも関係業者にも社会にも優しくて温かい——ぬるい会社だった。それでも社員が正直なら、外部のプロの力を借りて通用したのである。

勇太郎に報告すると、勇太郎は、そういう会社は珍しくないと言った。世の中の会社のすべてが専任の経理部員をおけるわけではない。社員が三十八人で非正規社員が流動的なら、その都度対処したほうが、システムを導入するよりもコストがかからない。システムのコストを人件費に振り分けていたんだろう。

「天天コーポレーションと合併したのは正しい選択だったと思いますか。事業部――篠崎温泉ブルースパの側から見た場合」

階段を上りながら沙名子は尋ねた。勇太郎は沙名子と同じくエレベーターを使いたがらない。

「徐々に収益は落ちていたし、不安材料はあった。選択肢のひとつとして間違っていなかったと思う」

勇太郎はゆっくりと言った。

「合併したら社風が変わります。いくつかの取引先を切ることになるでしょうし、人事異動で店長以上の社員の収入は落ちるでしょう。トナカイ化粧品と違って、どうしても合併しなくてはならない状態ではありませんでした。村島臨さん――副事業部長は、反対はしなかったんでしょうか」

「鶴の一声という言葉を聞いたことがあるでしょう、森若さん。もう決まったことです。どこの理由を考えても意味はない。誤解されやすいけど、格馬さんは情が深いんですよ。どこの社員にも悪いようにはしません」

勇太郎は含みのある言い方をした。

すごい人ですよ、小枝子さんは。理恵の言葉を思い出した。

天天コーポレーションはいい会社だから、この際、みんな社員になっときなさい――。

村島小枝子は、『藍の湯』の運営が雑であることには気づいていたのだろう。自分の目が行き届いているうちはなんとか回っていても、このままではダメだということも。そのやり方で会社を始めたのが自分であるということも。

ぬるま湯の中にいた社員たち――小枝子の子どもや孫やその親族たちに、改革は任せられない。理恵に今さら簿記を学べと言っても無理だし、社員たちに厳しくすることも本意でない。

だから小枝子は最後の鶴の一声で、自分の会社を天天コーポレーション、自分が幼少期に育てた、円城格馬に任せた――。

そして格馬は、その信頼に応《こた》えようとしている。そういうことか。それが創業者かつワンマン経営者の、最後の責任というやつだったのか。

「村島臨さんとはどういう方ですか」

「俺にはわからない。わかる必要もない」

勇太郎は答え、しばらく黙った。

「――森若さんのよくない癖だと思う。人を見すぎる。物語に引きずられてはいけない」

勇太郎は珍しく沙名子に苦言のようなことを言った。

こつりこつり、と階段の踊り場に低い靴音が響く。

「意識して数字以外を見ないようにしたほうがいいこともある。――俺が言えた義理じゃないが」

勇太郎からこんな注意を受けるとは思わなかった。

「わたしは数字だけを見ているつもりなんですが」

「だったらいい」

勇太郎の中にもウサギがいる。追わないように気をつけている。

勇太郎が歩調をゆるめた。沙名子に目をやり、目をそらす。

わたしを誘いたがっている、と沙名子は思った。話したいことがある――内側にある何かがあふれそうなのだ。

よければランチに。あるいは、今日の夜は空いているか？　今誘われたらつきあってやってもいい。社内でいちばん長く一緒にいる人間なのに、まともに話したことがない。勇太郎の哲学を一回くらい聞いてみてもいいだろう。

勇太郎が足を止める。思い切ったように口を開き、沙名子に何かを言いかける。そのとき、経理室から真夕が飛び出してきた。

「あ、勇さん森若さん、よかったー！　美華さん、勇さんが戻ってきましたよ！」

真夕が言った。勇太郎がたちまち経理課長の顔になる。

「何か問題が？」

「問題っていうほどじゃないんですけど」

勇太郎は足早に経理室に入っていく。沙名子はうしろから続いた。自分のデスクにいた涼平が、不思議そうに勇太郎と沙名子に目をやった。


美月と肩を並べてリビングスペースへ行くと、少し離れたところにいる年配の女性がこちらに目をやるのが見えた。

「この間はドタキャンして悪かったわ」

美月が言った。沙名子と美月は座敷のテーブルに山盛りの枝豆とノンアルコールビールを置き、足を伸ばして座る。

「ひとりで楽しかったからいいよ。社長が忙しいのは仕方ないでしょ」

「仕事の連絡は前日までにわかるんだけど、仕事がなくなったって連絡が急なのよ」

美月は枝豆を食べながらぶつくさと言っている。

格馬は愛妻家のようだが、沙名子からすると複雑な気分である。美月も沙名子くらいにしか話せないのだろうが、社員が社長の私生活についてこんなに知っていいのか。

沙名子は青、美月はベージュ色の館内着を着ている。水分と脂分を補給したら岩盤浴と二度目の入浴に移行する予定だ。この銭湯は女性専用のリビングスペースがあるので、思い切りだらけられる。ボディソープだけはもう少しなんとかならないものかと思うが。

「――美月ちゃん？」

ふたりでノンアルコールビールを飲んでいたら、声をかけられた。

美月が顔をあげる。

「――あ、小枝子さん、こんにちは」

「やっぱり美月ちゃんだ！　いんやあ、ひさしぶりだなあ。元気だっぺ？」

なまりの強い声で美月に向かっているのは、ピンク色の館内着を着た女性である。近くで見かけてやってきたらしい。風呂から出たばかりらしく、頰《ほお》が汗で光っている。大柄で、丸々とした肩と胸はいかにも頼もしそうだ。

目が合ったので軽く会釈をしたところで、女性が、あ、と小さな声をあげた。

「あれ、あんたさん、どこかで会ったことありましたよね？　もしかしてこの間、このお湯来てた？」

沙名子は女性を見返した。そういえば見覚えがある。先日、このスーパー銭湯の洗い場の隣で、天天石鹸がどうとか言っていたような気がする。

「あ——あのときの」

沙名子が言うと、女性はパッと顔を輝かせた。

「やっぱり！　あたしね、人の顔覚えるの得意なのよ。風呂場で会ったら一発で覚えちゃう。なんか、すべすべした子がいるなあって思って見てたの。風呂上がりはいいね。子どももも年寄りも、男も女も、肩書きなんかもぜんぜん関係なくて。化粧なんてしなくてもみんな綺麗《きれい》でね、見てると幸せな気持ちになるっぺ」

「なに森若、会ってたの。えーと小枝子さん、わたしの同期で経理部の森若です。この人は——森若わかるかな。村島さん。篠崎温泉、『藍の湯』のもと社長の」

「村島小枝子さんですか？」

沙名子は慌てて膝《ひざ》をそろえた。

このところ篠崎温泉ブルースパ——『藍の湯』の仕事にかかりきりだった。村島小枝子とはどんな女性だろうと何回も考えた。まさかこんなところで会っていたとは。

小枝子は面倒そうに手を振った。自分のお茶を持ってきて、ふたりの座敷にあがりこむ。

「あーいいのいいの。もうやめてるから。あたしはただの風呂好きのおばちゃんだから。美月ちゃんとは銭湯仲間なの。『藍の湯』に入浴剤入れてもらってるからね。あたし、美月ちゃんの入浴剤の大ファンなのよ」

小枝子はにこにこしながら言った。放っておいたらいつまでも喋《しゃべ》り続けそうだ。声がきれいで、いるだけであたりが明るくなるような雰囲気がある。

「美月とも知り合いだったの？」

沙名子が言うと、美月はうなずいた。

「格馬が子どものころに面倒を見てもらっていたの。結婚式にも来ていただいたし、自宅でお食事も御馳走《ごちそう》してもらったわ。小枝子さんはとても料理上手なの。格馬がお風呂を好きになったのも小枝子さんの影響だって」

「結婚式、美月ちゃんきれいだったねえ。格ちゃんはいいお嫁さんをもらったって、みんなで話してたのよ」

小枝子は美月が出した座布団に座り、お茶を飲んでいる。ピンク色の館内着で化粧気もないが、つやつやした肌は七十代には見えない。髪をうしろにまとめた姿は、朗らかで人好きのする女性である。

「今日は静養ですか?」

「そうね。銭湯やっぱり好きだから。『藍の湯』でもいいんだけど、あっちだと面倒くさいことがあるもんだから。ここは女性専用の部屋があるからね、いいのよ」

「仕事が追っかけてきそうですね」

「そうそう。あたしは引退したってのに。あとは好きにやれっていうの。格ちゃんに従うもよし、逆らってみるもよし。美月ちゃん覚えといて。子どものために頑張るのはいいけど、なんでもやってあげるのはダメだっぺな」

沙名子は苦笑した。確かに事業部は小枝子の判断を仰ぎたいだろう。創業者となると従業員が顔を知っているだろうし、『藍の湯』では逆にくつろげまい。

リビングスペースのドアがざわざわしていた。沙名子と美月と小枝子が目を走らせる。ドアが少し開き、女性スタッフが客らしき誰かと話している。男性は入れないと断っているらしい。

「――すみません。お客様、村島様ですか?」

話していると、女性スタッフが言いにくそうに声をかけてきた。

小枝子は目をぱちくりさせて向き直る。

「はい。あたしが村島ですけど」

「お会いしたいという方がいらっしゃいます。男性なので、入り口で待っているとのことです」

小枝子は眉をひそめた。

「ゆっくりしているところだから帰ってって言って。スマホも切ってるし、せっかく若い人と話してるのに、邪魔されたくないんですよ」

「どうしても、お急ぎの用件があるということで」

スタッフは困っている。学生のアルバイトだろうか。若い女性である。小枝子はため息をついた。

「――まったく、しょうがないっぺな。こんな可愛いお嬢さんを困らせて」

よっこらしょ、と声をかけて小枝子は立ち上がった。

小枝子はゆっくりとドアに向かって歩いていった。

ドアを開けると、閉まるのを待たずに長身の男性が小枝子に話しかけてきた。小枝子は彼に手を振って、面倒そうに外に出て行く。

「小枝子さんて面白いでしょ。最近はこの銭湯がお気に入りみたいだから、森若も会ったかもしれないって思ってた」

最後の枝豆を食べながら美月が言った、

「びっくりしたわ。仕事でちょっと話を聞いてたところだったの。気さくな人だね」

「会うたびに入浴剤の感想くれるのよ。的確だから助かってる。今はうちの社外取締役よね。完全に引退したらほかの事業を始めちゃいそうだし、顔が広いから格馬も置いておきたいのよ」

「なるほど」

小枝子の語り口を思い出し、沙名子は納得する。

あの年代の女性で会社を起こし、三店舗まで拡大するには相当の苦労があったと思う。男勝りの厳しい女性かと思いきや、そうではなかった。明るくて、周りを巻き込む魅力のある人物だった。引退と同時に懇意だった別会社に事実上の吸収合併をさせるというのも思い切りがいい。人件費を惜しまないこと、家族経営でコネ重視であることも含めて、彼女なりの経営哲学があるのだろう。

枝豆を食べ終わり、リビングスペースを出ると、すみのほうで口論をしている小枝子の姿が見えた。

「――母さんはそう言うけど、部長の吉村っていうのが強引で、ぼくじゃどうにもならないんだよ」

「そりゃあんたは副部長だからね、部長の言うことは聞かなきゃいかんね」

小枝子は館内着のまま、長身の男性に向かっている。

男性は村島臨――小枝子の息子だった。彼は館内着ではなく、私服らしい派手なシャツを着ている。

「実奈に店長は早すぎるって言ったでしょうが。そこを押し切ったのはあんたなんだから、あたしは知らんよ。自分でなんとかしなさい」

「あれはまだ母さんがいる時期だったから。まさかこんなに早く引退するなんて」

臨は何やら小枝子をかきくどいていた。小枝子が呆《あき》れたように周りを見る。目が合い、美月と沙名子は軽く頭を下げる。

小枝子はほっとしたように笑って手招きした。

「森若さん、こっちは息子の臨。美月ちゃんは格ちゃんとうちに挨拶に来たときに会ったよね。臨は森若さんに会ったことある？　こんな美人さん、会ったら忘れっこないよねえ」

「村島事業副部長とは社内でご挨拶させていただきました」

沙名子は臨に向き直ると軽く頭を下げた。

不本意だが仕方がない。『藍の湯』の経営の様子を見ればわかる通り、小枝子は私的な時間と仕事の時間を区別しないタイプだ。美月が社長夫人であることを考えると、知らんぷりもできない。

「円城格馬の奥さん……と……経理部員……」

臨は目を丸くしている。美月の顔も知っていたようだ。

かすかに口を開け、沙名子と美月を見比べる。振り絞るようにつぶやいた。

「母さんはいつもそうだ……。経理部員をよこしたのは母さんだったんだ。母さんは、やっぱり、俺たちよりも円城格馬のほうが大事だったんだ！」

臨は叫んだ。

唇を嚙《か》み、泣きそうな顔をしている。沙名子と美月があっけにとられ、臨を見つめた。

「何言ってるのあんたは」

「もういい！」

小枝子が言った。沙名子と美月、さきほどの女性スタッフの前で、村島臨はぐいと顔をそむけ、シャツの裾をなびかせて走り去った。

沙名子と美月は何も言うことができずに立ち尽くす。小枝子はやれやれといった表情でうなずいてみせた。スタッフは慌てたように仕事に戻る。

「美月ちゃん、森若さん、うちの息子、あんなんだけど頼むわね。言われたことはやると思うから。ほんと、甘やかすのはダメだわ。子どもも会社も」

小枝子は美月に向き直り、深々と頭を上げた。

沙名子は『藍の湯』本店の壁にあった写真を思い出す。

小枝子は格馬を抱き、その横で臨は、泣きそうな顔で小枝子のエプロンを握りしめていた。あれから三十数年である。

エプロンの代わりにピンク色の館内着を着た小枝子は、少し悲しそうな表情で息子の背中を見つめていた。ここは何も言ってはならない。沙名子は何事もなかったように一礼し、美月とともに歩きながら考える。

つまり……。

天天コーポレーション事業副部長、村島臨は、母親の愛をめぐって、円城格馬に反発していた。息子として対抗意識を燃やしていた——と……いう……こと?

いやまさかね。沙名子は首を振る。四十四歳の会社員が母の愛とか。それはない。そんなものを会社に持ち込むわけがない。会社で見た臨は、礼儀正しい中年のビジネスマンだった。

ウサギを追うな。意識して数字以外を見ないようにしたほうがいいこともある。

沙名子はそう自分に言い聞かせた。

「――森若さん、美華さん、人事異動の話聞きました？」

沙名子が経理室で紅茶を淹れていると、真夕が話しかけてきた。

「聞いています。事業部のことでしょう。パラカフェの小針さんが正社員になって、何人か本社に入って、『藍の湯』の中でも入れ替わりがあったみたいね」

沙名子は言った。

「それもなんですけど、販売課に、村島実奈さんが入ったんですよ。もと『藍の湯』の店長の。しかも外回り希望だって。女性では亜希さんに次いで二人目です」

沙名子は思わず真夕の顔を見る。

新入社員のような村島実奈を思い出す。村島家の親族のはずである。あのぬるま湯のような店でお飾りの店長をやっていた女性が、営業の外回りをできるのか。

「事業部は営業部と連携を取っていかなくてはなりません。銭湯のほうの事情がわかっているのはいいことです。そのあたりを考慮した上で決めたんでしょう。現に、山野内亜希さんが販売課に入ってから化粧品の売り上げが増えていますからね」

美華が言った。

「そうなんですけど、店長って課長待遇じゃないですか。だったら降格だし、営業は未経験だっていうから。どんな人かなあ。吉村部長とやっていけるんでしょうか」

真夕は好奇心いっぱいの声で言っている。おそらくこのあたりは女性社員たちの中で話し合われたことなのに違いない。本社勤務の女性が増えれば、ロッカールームを使う人も、ランチに行くメンバーの候補も増える。

そんな話題ばかりならいっそ平和だと沙名子は思う。経理部には涼平が入り、美華と真夕もすっかり慣れた。三人とも健康で正直でやる気もある。イレギュラーの出来事さえ起こらなければ、中間決算業務を難なくこなせるはずである。

少数精鋭というのも悪くないと思いつつデスクで紅茶を飲み、次の仕事の準備をしていると、経理室のドアが開いて勇太郎が入ってきた。

「森若さん、いいですか」

勇太郎は沙名子のデスクの近くまで来て、小声で言った。そこで話すのかと思ったら、すっと経理室を出て行く。

嫌な予感がした。沙名子は勇太郎を追い、誰もいない廊下のすみで向かい合う。

「なんでしょうか」

沙名子は尋ねた。

「税務調査が来る」

勇太郎は簡単に答えた。

黒い瞳はいつも通りである。何の感情も読み取れない。勇太郎からふられる話題といえば、結局こういうことしかないのだ。

税務調査。入社八年目――いつか経験するかもしれないと思っていたものが、ついに来た。

沙名子は黙った。未知の領域に踏み込む高揚感が押し寄せてくる。自分でも意外だ。沙名子は勇太郎を見つめ返し、ひそかに右手を握りしめた。

第四話　愛は仕事をしていないときに必要になるんですよ

「——俺、結婚するんすよ」

社用車の助手席でうとうとしていたら、いきなり言われて目が覚めた。

大阪である。時刻は十八時。太陽《たいよう》は光星《こうせい》とともにあちこちの納入と営業回りを終え、阪神高速道路を走っているところだ。

今日は行きの運転が太陽、帰りが光星だった。大阪営業所の担当先は遠方が多い。

「光星くん、彼女いたっけ?」

太陽は驚いて聞き返した。

大阪営業所は東京本社よりものんびりしているが、二十代の男性が使われるのは変わらない。光星が関西地方の道に詳しいというのもあって、よくふたりで得意先回りへ行く。

車に乗っていると嫌でも雑談をするもので、太陽は、東京に交際して二年目の恋人がいること——本社の経理部員であることは秘密にしているが——を話した。光星は彼女って面倒ですねと言いながら、沙名子《さなこ》が来訪するときに駅まで車で送ってくれたり、夏休みの日程を譲ってくれたりした。おかげで頭が上がらない。

そのときの口ぶりから、てっきり光星には恋人がいないものだと思っていた。

「最近できたんですよ。相手、高校のときの友達なんですけど、夏休みに会ったらめっちゃ可愛《かわい》くなってて。一年以内に結婚するならつきあうって言われたから、しょーがねーなでそういうことになりました」

　光星は信号を見上げながら言った。

「しょーがねーなで結婚するの？」

「向こうが、次につきあう人と結婚するって決めてたんですって。つきあったあとで結婚するの別れるのでイライラしたくないからって。それもそうやなって納得しました」

「納得しちゃったんだ」

「だってすごいタイプになってたんですよ。話合うし、ほかの男に取られたくないでしょ」

　光星の好みのタイプは、いい笑顔できついことを言う女性である。太陽とベクトルは同じだ。

「俺、彼氏彼女ってあまり好きじゃないんですよ。なんで休日つぶして観《み》たくもない映画観なきゃならんねんて。でも結婚はしたいんですよ。料理とか好きだし、家族を車に乗せて、あちこち行きたいじゃないですか。だから面倒な部分を省略するのもいいかもなって。向こうもそんな感じだから、うまくやれそうな気がするんですよね」

「彼女と映画を観るのはダメだけど、家族とドライブならいいのか」

「なんかそうっすねー」

　光星は何かを思い出したらしく目を細めている。意味がわからないが、光星はデートよりも家族とドライブのほうが似合いそうではある。

「そうかー。めでたいな。もう日取りとか決まってるの」

「これからっすね。俺の親には会ったけど、彼女の親は神戸《こうべ》なんで。来週あたりに中華食べに行きます。太陽さんには申し訳ないんですけど、ちょくちょく有給休暇使うんで、前もって言っときます」

「そういうことか。そっちは心配すんな。代われるもんは代わるよ」

太陽は言った。

結婚が決まっても光星は照れるでも浮かれるでもない。何があっても淡々《たんたん》と対処する男なのだ。最近は案外、大物かもしれないと思ったりする。自分が二十五歳のころは、結婚なんて思いつきもしなかった。

二十五歳といえば、やっと新入社員の気分が抜け、仕事が面白くなってきたころである。そして沙名子のことが気にかかり始めた。経理部の森若《もりわか》さん。あのころは経理室へ行くのが怖かった。

「太陽さんはどうですか。彼女さん、こっちに来たりしないですか」

光星が話を変えた。

「当分はないな。今は向こうが繁忙期だから、しつこくすると怒られる」

「太陽さんの彼女さんて、クールですよね」

「そうでもないよ。ふたりでいるときは」

太陽は言った。沙名子はむしろ情に厚いほうである。会社では感情を隠し、超人的に自分を律しているだけだ。

「離れてると浮気とか心配になりませんか」

「ないない。本当にそれどころじゃないんだって」

太陽は手を振った。中間決算期だからと言えないのがもどかしい。

経理部は忙しいときとそうでないときの波があるが、だいたいのスケジュールがわかるのがいい。ゆっくり出かけるときは沙名子の暇な時期に合わせ、太陽に急な仕事があったら沙名子が合わせる。同じ会社なので隠しようがない。

太陽が大阪の営業所勤務になってから半年経《た》つが、太陽に東京出張がたびたびあるので、それほど離れているという感じはしない。電話も長くはないがよくするし、久しぶりに会うと沙名子が嬉《うれ》しそうなのがいい。会社では見られない表情である。

「結婚したら報告するんで、とりあえず会社には黙っててください」

「うん。俺も何かお祝いするわ」

「じゃ今度、焼き肉奢《おご》ってくださいよ。いい店あるんで」

光星は言った。営業マンらしく、光星は地元の穴場のような店をよく知っている。

道路は少し混み始めていた。光星がアクセルを踏んで追い抜き車線に移り、太陽は暗くなってきた高速道路に目を移す。

東京本社で営業回りを一緒にしていた鎌本《かまもと》が、結婚は男にメリットがないと強く語っていたのを思い出した。先輩の立岡《たちおか》は恋人と結婚したいのだが、どうしたらいいのかと悩んでいた。結婚なんてしてもしなくてもいいのに、光星が楽々と彼らを飛び越していったように思えるのはどういうわけか。

今年の夏休み、沙名子は誕生日祝いも兼ねて沙名子と温泉に行った。沙名子がだいたいのスケジュールを決め、太陽が運転する。太陽と沙名子は性格が違うので、役割分担がはっきりして楽だ。

そういえばもうすぐ沙名子の誕生日だ。ギリギリの天秤座《てんびん》。経理部は今は忙しいが、十月後半になったら少し息をつける。そのあたりで一回くらいは会いたいものである。

「——すでに知っていると思うが、税務調査があるのは十月二十四日と二十五日。二十五日は予備日だから、二十四日が本番になる。当日は国税局から税務官が何人か来る。申し訳ないが、特別な事情がなければ全員出勤するように」

四人が会議室の適当な席に座り、落ち着いたところで新発田《しばた》部長が切り出した。

部内会議をする小会議室ではなく、四階の特別会議室である。

さきほどまで天天《てんてん》コーポレーションの部課長クラスよりも上の社員がいて、新発田部長と勇太郎《ゆうたろう》が税務調査とは何かを説明し、協力を要請していた。沙名子と美華《みか》も新発田部長に言われて出席したが、壁際の椅子《いす》に座っていて発言はしなかった。美華が、質疑応答で新発田部長がつまったときに口を挟んだくらいだ。

役付の社員たちが退室するのと入れかわりに真夕《まゆ》と涼平《りょうへい》が入り、そのまま部内会議に突入である。真夕と涼平は真剣な表情で新発田部長の顔と資料を見比べ、勇太郎は自分の手帳を見ながらホワイトボードに担当を箇条書きにしている。美華は資料を眺め、険しい顔でじっと考え込んでいる。

国税局から税務調査が入る。

聞いてはいたが、新発田部長からあらためて告げられるとショックである。

天天コーポレーションに税務調査が入るのは創立以来初めてらしい。ほかの社員の前ではつとめて平静を装っていたが、体が冷えるような感覚がある。おそらくほかの経理部員もそうだろう。

税務調査の日程は半月後。だいたい十日から三週間ほど後の日を指定するという話は本当だった。指定の日をずらすことはできるが、新発田部長は当然ながら了承している。わざわざ痛くない腹をさぐられることはない。

自分たちに落ち度はない、申告した税金額が正しいかどうかを調べに来るだけだということが頭ではわかっていても、なぜなのかという思いは抜けない。対象はランダムということになっているが、本当かどうかはわからない。脱税を疑われていると思うと不快だ。

何よりもショックなのは、あの目のまわるような合併後の年度決算を総ざらいしなければならないことである。もしも間違いが見つかったら会社に傷をつける。経理部員としても恥である。

新発田部長の顔を見ていたら、真面目《まじめ》な表情で領収書を出しに来る社員たちを思い出した。うしろめたいことは何もなくても、チェックされるというのは落ち着かないものだ。彼らもこういう気分だったのか。

「――中間決算と重なりますね」

涼平が思い出したようにつぶやいた。

涼平は決算業務にはほぼ関わらないが、ほかの部員が忙しくなれば必然的に実務の負担が大きくなる。経理部がどんな状態であろうと給与は出さなければならないし、外部への支払いと売り上げを入金する作業はあるのだ。

「中間決算は大事だが、ひとまずこっちを優先してくれ。場合によっては決算発表をずらすことも了承を取ってある」

新発田部長は言った。

「わかりました」

「当日までに経理部で資料を確認して、すべてを見せられる状態にする。持っていかれて困るものはコピーを取るが、なんでもかんでもコピーするのもダメだ。わからなかったら勇太郎に聞いてくれ。具体的な担当の割り振りは——勇、いいか」

「はい」

勇太郎がうなずいてホワイトボードを引いてきた。

ホワイトボードには、勇太郎の几帳面《きちょうめん》な字で、必要書類一式の表と、それぞれの名前と担当が書いてある。

沙名子の欄の下には、売り上げと仕入れ関連——契約書・見積書・請求書・納品書のチェック、大阪営業部、九州営業部の資料の確認、その他とある。

美華は資産と製造部、開発室の在庫関連。真夕と涼平は総務部と協力して、労務と給与の関連資料を整理する。各種の帳簿の確認は勇太郎と、終わった人からとりかかって全員でやる。

自分の項目の中で一番やっかいなのはその他だなと沙名子は思った。おそらく登記簿やらあちこちの税の明細やらは勇太郎がやるのだろうが、様子を見て沙名子に任せるということだろう。重要な会議の議事録を平社員に読ませるわけにもいかない。沙名子を主任にしておいてよかったと新発田部長は胸をなで下ろしているのに違いない。

「オンラインにあるものはわざわざ印刷しなくていいんですよね」

涼平が尋ねた。勇太郎がうなずいて答える。

「新しく印刷する必要はないですが、現状、印刷してあるものはファイルを用意してください。ただし尋ねられたら全部に答えられるように、オンラインにも目は通しておくように。たとえば労務に対しての給与がそぐわないと判断された場合、その理由を答えられるようにしておいてください。労務規定と、会社沿革の概要作成は総務部に頼んだので、始める前に打ち合わせをお願いします。これは佐々木《ささき》さんの担当。岸《きし》さんは佐々木さんのフォローを頼みます」

「総務部のほうの担当者はもう決まっていますか？」

真夕が尋ねた。真夕は部内の進捗《しんちょく》会議では雑談以外はあまり発言しないのだが、さすがに真剣になっている。

「今日の会議で依頼した。これから決めると思います」

「何人くらい出してくれるんでしょうか」

「それはわからない。要望があるなら小林《こばやし》課長に相談してください。打ち合わせの日程が決まったら俺にも連絡して。できる限り参加します」

「わかりました。由香利《ゆかり》さんが担当だったらいいな……」

真夕は、最後の言葉をつぶやくように言った。

沙名子も同意見である。他部署の力を借りなければならないなら、できるだけ優秀な人が担当になってほしい。総務部なら頼むから由香利——小林由香利課長が担当してくれますようにと祈るような気持ちだ。

「帳簿の不備が見つかったとして、領収書のチェックは必須ですか？」

沙名子が尋ねた。

「金額と場合によるかな。小口のものはなくてもいいけど、ある場所だけは把握しておいてください。領収書は七年分保管してありますよね」

「十年分あります。帳簿も七年分見るんですか？」

沙名子が言った。

「名目上は一年間だけど聞いてくる可能性はあります。大口のものは確認お願いします」

「大阪と九州の分は？」

「向こうの経理部員と連絡を取って、資料を確認しておいてください。当日に待機してもらって、電話をしたらすぐに出せるように。重要な書類はコピーして送ってもらうか、紛失したらいけないものは直接取りに行く。倉庫も見ておいたほうがいいかもしれない。リストは俺が作るけど、森若さんに行っていただきたいと思っています」

「わかりました」

「工場と開発室の資材と在庫のチェックも必要ですか。現在、静岡《しずおか》と川崎《かわさき》で、トナカイ化粧品の倉庫と併用して使っている状態なのですが」

美華が尋ねた。

「いちおう麻吹《あさぶき》さんが全部見てください。たぶんないと思うけど、絶対に税務官が行かないとは言えない。製造部、開発室も協力してくれると思います」

「ではすぐにアポを取ります。合併以前の分は？　特にトナカイ化粧品のほうのシステムをもう一回稼働する必要があるかもしれません。合併時に見てはいますが、精査していないので」

「トナカイ化粧品か――」

勇太郎はつぶやいた。勇太郎の性格からして、自分が関与していない部分のミスの責任は負いたくないだろう。だがやらざるを得ない。

「幸いなことに、トナカイ化粧品の当時の経理担当者が社内にいます。製造部員で、静岡工場勤務ですが。できるなら槙野《まきの》さんに協力していただきたいです」

美華はトナカイ化粧品との統廃合についての担当者である。数字のややこしさは勇太郎よりも知っている。

「それなら俺が姉崎《あねざき》製造部長に話しておく」

新発田部長が口を挟んだ。

「槙野さんなら、税金関係をずっとやっていたので詳しいですよ。その他のことも協力してくれるんじゃないかな。俺も少しやってたので、トナカイ化粧品の関連なら手伝えると思います」

涼平が言った。沙名子は製造部の槙野徹《とおる》を思い出す。もとトナカイ化粧品の総務課長だ。激務に耐える胆力と体力と、危うい局面をくぐり抜けてきた経験がある。

「そうか。じゃヘルプを頼めるかもしれんな。製造部には悪いが」

「非常事態ですから、頼めるものなら頼んでいただきたいです」

美華が言った。美華には非常事態という言葉が似合う。

「同様に篠崎《しのざき》温泉ブルースパのほうも必要ですね」

「それは森若さんにお願いします」

「わかりました。担当者と連絡を取ります」

沙名子は言った。こちらは会計事務所に丸投げだったので、逆に公正である——と信じたい。どちらにしろ精査は必要だ。チェック項目を勇太郎と詰めなければならないだろう。

だいたいの説明と質疑が終わったところで、勇太郎があらためて部員に向き直った。

「資料はできたものから、第一会議室にまとめて置きます。誰もいないときは施錠《せじょう》して、鍵は在社している経理部員が責任を持って保管すること。必要な書類をホワイトボードに書いておくので、誰が何を担当したのか、進捗をわかるようにしておいてください」

「クラウドで進捗管理をしたほうがいいんじゃないですか？」

「今回は各項目において特筆するべきことが多いと考えられるので、会議室のホワイトボードを進捗管理の母体とします。何かあったら付箋《ふせん》を貼っておいてください。——デジタルで残したくないものがあるかもしれないので」

勇太郎は、最後の言葉を言いにくそうに付け加えた。

「サーバには見られていいものを置いてください。それ以外では口頭で情報を共有して、もしも自分の担当が先に終わったらほかの人を手伝ってやってください」

「作業中の期間のほかの経理の仕事はどうなりますか？　決算以外の」

涼平が尋ねた。

勇太郎が涼平に向き直る。

「申し訳ないけど、小口の経理業務は岸さんにお願いします。森若さんと麻吹さんは出張がちになると思うし、担当を決めたほうが効率がいいので。佐々木さんがフォローに回ってください。ほかの部署に、急ぎでないものは待ってもらうように話してあります。岸さんは今、給与計算の最中ですよね」

「もうすぐ終わりそうなところです」

「早いな」

勇太郎がつぶやくと、涼平は少し照れくさそうにうなずいた。

「今月は中間決算なので、頑張って早めに終わらせたんです。よかったです。チェックはまだですけど」

「ダブルチェックは佐々木――ん――」

「今月はわたしがやります。佐々木さんは労務関連のチェックと書類作成に集中したほうがいいでしょう」

沙名子はすばやく言った。真夕がパニックになりやすく、許容範囲を超えるとケアレスミスが多くなるということは勇太郎も知っている。今は余計な確認作業は極力避けたい。

「よろしくお願いします」

　真夕がほっとしたように沙名子に向かって頭を下げた。

「じゃ森若さんお願いします。ほかには何か質問はないですか？　わからないところは直接、俺に聞いてください。社用携帯にいつでも連絡してもらっていいです。──それから、最後にひとつ。改ざんだけは絶対にしないように。言うまでもないことだけど」

　勇太郎は四人の顔を見渡すように眺め、ゆっくりと言った。

「間違いがあったら修正申告すればいいだけです。ごまかす必要はない。メールや閲覧《えつらん》履歴も消したりしないでください。ほかの社員に対しても、仮に故意のミスがあったとしても責めないように。大事なのは事実を把握することです。何かに気づいて言いにくかったら、俺か新発田部長に伝えてください。俺からは以上です」

　勇太郎はゆっくりと言い、新発田部長に目を移した。

「言いたいことは全部、勇が言っちゃったな」

　新発田部長は困ったように首をひねり、五人に向き直った。

「とにかく健康には気をつけるように。倒れたら元も子もないから。体調を崩したり、できないと思ったら無理せずすぐに言ってくれ。まあ大丈夫だろ、ここにいる五人は精鋭だからな。信じてるぞ」

新発田部長は明るく締めた。笑わすつもりのようだが笑えない。普段は朗《ほが》らかな真夕と涼平もこわばった表情をしている。

しかし新発田部長はいるだけでいい。勇太郎の苦手なあちこちとの折衝《せっしょう》をやってくれるだろう。どうやら実務はないようだし、本当に忙しくなったら雑務要員として役に立つに違いない。

落ち着いたのは夕方になってからだった。部内会議のあとで第一会議室へ行き、長机とホワイトボードを並べて準備した。美華は外出し、勇太郎と新発田部長はあちこちとの連絡に走っている。

手帳を開き、紅茶を飲みながらやるべきことのチェックをしていると、真夕が笑顔で経理室に入ってきた。

「総務部の担当、由香利さんらしいです。今聞いてきました！」

「おー、よかったです」

涼平が言うと、真夕は深くうなずいた。

「安心しました。もう志保《しほ》さんだったらどうしようってビクビクしてましたよ」

三人しかいない気安さで真夕は口をすべらせた。聞かなかったことにしておく。総務部の担当者がポンコツ社員の志保ではありませんようにと願っていたのは沙名子だけではない。

「総務部との会議は明日の十六時です。その前に分担を整理しなきゃ。新発田部長はあたしがリーダーだって言うんだけど、そんなの無理ですよね。あたしが由香利さんにあれこれ言えませんよ」

真夕は心配そうに沙名子に尋ねた。

「リーダーっていうより指示する立場ね。作ってもらいたい書類を具体的に要求して、出してきたものが間違っていたら修正してもらう。頼む側があいまいだったら向こうも困るし、最初の指示が的確だと早く終わるよ」

「あたし、そういうの下手《へた》なんですよ……。広報課でいつも怒られていました」

「経理部は広報課とは違うわよ。正解があるから。相手の提出物への可否を告げるのは、いつもやっていることでしょう」

沙名子は手帳を閉じながら言った。残業がちになるが、問題がなければこなせる。問題があったら恐ろしいことになるが。

大阪と九州の経理担当者にメールを書いていたら、美華が戻ってきた。手に書店の紙袋を持っている。

「銀行へ行くついでに書店へ寄って、税務関連の書籍を三冊買いました。資料費として経費で落としていいですよね」

美華はソフトカバーの本を取り出しながら言った。

「問題ないです。誰でも読めるように、わかる場所に置いてください」

「読んで重要だと思われるところには付箋を貼っておきます。ほかの方も気づいたらそうしてください」

「あ、だったら付箋の色を変えましょうか。美華さんが黄色で森若さんが青とか。共通の書類を読むとき、決めておいたらわかりやすくありません？」

真夕が口を挟んだ。美華と沙名子と涼平が真夕に目をやる。真夕はどぎまぎしたように身をすくめた。

「――悪くないですね」

美華がぼそりとつぶやき、沙名子はうなずいた。

「そうですね。付箋だらけになったら、自分がどこに貼ったかわからなくなるし」

「俺もいいと思います」

三人が言い、真夕は胸をなで下ろす。

「あたし、こういう無駄なアイデアだけはよく出るんですよ。勇さんと部長にも言っておきますね」

真夕がいそいそと付箋の準備をしていると、新発田部長が経理室に入ってきた。

「製造部の担当の連絡が来た。倉庫は鈴木《すずき》、帳簿は工場の経理担当の吉岡《よしおか》さん。ふたりともベテランだから大丈夫だろ。開発室のほうは、飯島《いいじま》が直接担当する。事務員が必要なら呼んでもいいそうだ」

「槙野徹さんは？」

美華が尋ねた。

「トナカイ化粧品の帳簿については全面的にフォローするそうだ。そのほかに、もしも経理で人が足りなくなったら来てもらう。念のため、当日はあけてもらうように頼んでおいた」

「はーよかった、槙野さんは働き者だし帳簿も決算書類も読めるし、来てもらったら助かります。どうしようかと思ったけど、なんとかなる気がしてきました」

真夕がそれぞれのデスクに付箋を配りながら言った。

「とりあえず俺は給与計算を終わらせます。何かあったら手伝うので言ってください」

涼平が言った。美華は付箋を片手に専門書を開き、真夕は会議用の資料を作り始める。

沙名子は手元の仕事に戻ろうとして、ふと新発田部長に尋ねた。

「営業部は？　担当窓口の話はまだ出ていませんか？」

「──まだ、決定ではないらしいんだが」

新発田部長は話しにくそうだった。どこかで吉村《よしむら》部長とやりあったのかもしれない。

「だいたいは決まってるということですか。どなたでしょうか」

沙名子は言った。営業部は収支の幅が広いし、吉村部長の認証がザルなので問題がある可能性が高い。吉村部長のことだから、担当者は子分である販売課から出したがるだろう。販売課で優秀な主任以上の社員といえば山崎《やまざき》だが、贅沢《ぜいたく》は言わない。真面目で几帳面な立岡あたりだと助かる。

「ちらっと聞いただけだが、鎌本になると思う」

沙名子は一瞬、動きを止めた。

「──わかりました」

沙名子は簡単に答えた。

誰であろうとやることは同じである。鎌本は狡《ずる》い男で、女性社員に人気がない──正直に言って苦手だが、最低限の仕事はこなすはずだ。

そういえばもうすぐ誕生日だなと思った。毎年休みを取るのだが、今年は取れそうにない。歳《とし》をひとつ取るだけだと思っても、二十代と言えなくなると思うと少し寂しい。

太陽を含む大阪営業所の社員たちの前で、向田《むこうだ》所長が喋《しゃべ》っている。

「――というわけで、もしもこれまでの経費精算で間違いがあったら、今のうちに申告するように。うっかり会議の相手の名前を書き間違えたとかやな。取引先に連絡がいくと取り返しがつかんから、正直に頼む」

天天コーポレーション大阪営業所は本社と違い、オフィスビルの賃貸フロアにある。事務員と営業部員の全員が立って向田所長の話を聞いている、

向田所長の話が長いのはいつものことだが、今回は勝手が違った。天天コーポレーションの本社に税務調査が入るらしい。大阪と九州の営業所でも確認が必要で、本社経理部の担当者が来て帳簿を精査する。不正があったら企業として大変なことになるらしい。

昨日の夜、沙名子が残業していたのはこれだったのかと思う。しばらくぶりにリモートで食事でもと思ったのだが、残業中だから無理と言われてしまった。

しばらく仕事が忙しいから連絡はできない。近いうちに大阪営業所にも連絡がいくと思うから、事情はそっちから聞いて。

こういうときは何を尋ねても無駄である。

森若経理部主任――沙名子は事実上、本社経理部における実務の二番手である。ベテラン感があるのは昔からだが、最近は管理職の風格まで出てきた。ここから課長になって、天天コーポレーションで女性初の部長職になるかもしれないというのもあながち冗談ではない。

話が終わると、社員たちのうち何人かが経理担当の塩見《しおみ》のところへ近寄っていった。

塩見は四十代の男性である。課長待遇だがベテランで、大阪営業所の経理を任されている。三年前まで本社経理部にいたのを、こちらが実家なので希望して異動になった。

勇太郎と沙名子にとっては元同僚で先輩にあたる。彼が本社の経理部を抜けて、真夕が入ってきた。本社の経理部員――特に勇太郎について、けなしながら褒めているのを聞いたことがある。

「いやー俺も行ったほうがいいっすかね」

社用車ノートに名前を書き込んでいたら、光星が塩見を見ながら言った。

「光星くん、なんかヤバいもんあるの？」

太陽は尋ねた。

「たまに自分のガソリン代、経費にしてたんですよ。一万円未満なんで大丈夫だと思うんですけど」

「うち、社用で自分の車使ったら、ガソリン代申請してもいいことになってるだろ」

「だから休日にちょこっと挨拶《あいさつ》回りして、そのあと走りに行ったりとかですね」

金額の問題でなくダメなような。沙名子だったら箇条書きで何か言いそうだと思ったが、無責任なことは言えない。

「いちおう聞いてみたら？　所長は正直に申請したら不問にするって言ってたし」

「そうっすね。太陽さんはないんですか」

「俺、この二年くらい、経費精算すごい気をつけてるんだよ。社内で一番潔白かもしれない」

「東京の経理部って厳しいですよね。森若さんでしたっけ、最速で主任になった女の人。大阪に来る経理部の人って、あの人ですかね」

「あー……。出張あるかもしれないな。営業担当だし」

太陽はつぶやいた。沙名子が大阪営業所に来たとしても浮かれた気分にはなれないだろうが。経理的な何かをジャッジするときの沙名子は、寄らば斬《き》るぞの侍《さむらい》のような雰囲気がある。

「いいっすよね、怖い人って。味方にしたら頼もしくて」

光星はつぶやくと、塩見のもとへ歩いていった。

その通りだがそればかりでもないと思いながら、太陽はスマホをチェックする。当然ながら沙名子からのメールはない。連絡したいが、おそらく今日も残業だろう。

税務調査というのは天天コーポレーション創業以来の非常事態らしい。助けたくても営業部員には手も足も出ない。本社経理部員は部長を含めて六人——沙名子が頼りになるのはわかるが、何もかも任せすぎるなよと言いたくなる。

税務調査の話聞いた
無理するなよ
終わったらどこかでゆっくりしよう

ありがとう。やることは難しくないから大丈夫。

来週に大阪営業所に行くと思う。

仕事だから声をかけないでね。

かけるっつーの
大阪で困ったことあったら、こっそりメールして

沙名子は新幹線の中で、太陽からのメールを見ていた。

——やはり太陽はいい男である。

明るくて優しい。人としてこれ以上の美点はないのではなかろうか。沙名子の対応がそっけないからといって不機嫌になることもない。営業先のドラッグストアで女性従業員たちに人気だというのは伊達《だて》ではない。

沙名子は先日打ち合わせをした営業部販売課の鎌本を思い出し、少し不快になる。

鎌本は懸念した通り面倒くさかった。どこまでなら許してくれるのかと試しているような感じがある。何かを頼むと、こちらをチラチラ見ながらどうしようかなと言う。どうするもこうするも、やるしかないんだからやれよと言いたくなる。あまつさえ鎌本は沙名子に、森若さんはもうすぐ誕生日だよね、お祝いしてあげようかなどと言い出したのである。

美華は製造部や開発室と連絡を取り合い、在庫を確認したり帳簿を精査したりしている。槙野は連絡が早くて、深夜でもすぐに返事が来るので助かっているようだ。真夕は総務部

の担当者と打ち合わせ、たまに弱音を吐きながらも熱心に書類を作っている。

篠崎温泉ブルースパのほうは元社長から一喝《いっかつ》が行き、事業部員が率先して会計事務所の書類を整理してくれている。『藍《あい》の湯』にいる事業部員は、経理には疎《うと》いが性格がいいので、話していて気持ちがいい。差し入れにと言って茨城名産の葡萄《ぶどう》が届いたので、残業の合間に六人で黙々と食べた。

なぜ鎌本だけ、一回で済むやりとりを三回くらいに引き延ばすのか。メールの文面が了解ですだけだったからと言って、社会人たるものこういう返事はよくないと文句を言ったりするのか。あげく誕生日のお祝いとは。税務調査が終わったら、今度こそセクハラされたと総務部に訴えてやる。

と思っていたのが、太陽のメールを読んでいたら気が晴れた。

大阪営業所のチェックが終わったら、その足で九州営業所へ行く予定だ。問題がなかったらその日のうちに移動、あったらどこかに一泊して翌日も大阪で仕事をする。予定が立たないのでホテルを取っていないと言ったら、太陽はうちに泊まればと言ってきた。

優しい彼氏というのはいいものである。忙しいときはなおさらだ。

新幹線の窓からは富士山《ふじさん》が見えた。早朝のせいか隣の席は空いている。沙名子は乗車前に買ったソイラテをゆっくりと飲み、座席に背中をもたれさせる。このところずっと忙しかったので、三時間の移動時間がありがたい。

沙名子は今日はジャケットとパンツで、ローヒールのブーツを履いている。気持ちとしてはスカートとピンヒールで気合いをいれたいのだが、倉庫での作業があるので仕方がない。

新幹線が名古屋《なごや》駅に滑り込み始める。あと一時間。沙名子は大阪営業所の場所を確かめ、やるべきことを頭の中で反芻《はんすう》する。

太陽は出勤しているだろうか。太陽が外回りに出かけていて、沙名子の仕事が早く終わったら一回も会わない可能性もある。会わないほうがいいのだろうが少しは会いたい。沙名子は自分の気持ちを持て余し、ぬるくなったソイラテを少しずつ飲む。


大阪営業所に入るのは初めてではなかった。

東京と大阪の距離ならば、長く会社にいれば行くことはある。中心地から少し離れたオフィスビルのワンフロアである。

大阪営業所経理担当の塩見は沙名子にとっては経理部の先輩にあたる。沙名子のためにパーテーションで区切られた会議室を空け、前もって頼んでおいたファイルと、経理システムの入ったPCを用意していた。

「森若さん、さきほど言われた見積書、付箋をつけ終わりました。これでいいですか」

川本《かわもと》が言った。

川本は大阪営業所で事務をしている女性である。今日は補佐をするので、なんでも言いつけてくださいと言われた。察しがよくて仕事がはかどる。

「ありがとうございます。これからチェックします。川本さん、コピーお願いできますか。こっちのファイルから、青の付箋がついているものだけ」

「その前に私が見ます。川本さん、ちょっと待ってて」

「はい」

塩見が自分の作業を中断し、立ったまま沙名子が選んだ書類に目を通し始めた。

会議室にいるのは、沙名子、塩見、川本の三人だけである。塩見は課長待遇――勇太郎と同じ職責ということになるが、大阪営業所に関する経理の責任者だ。沙名子にすべて従うわけにはいかない。

「これとこれはコピーしないでいただきたいんですが。大阪営業所の不動産なので」

「わかりました。本社の担当者に確認を取りますね。たぶん大丈夫だと思いますけど」

「田倉《たくら》勇太郎さんですね」

塩見は苦笑した。塩見は中途採用なので勇太郎よりも年次は下だが、経理部員としての経験は勇太郎よりも上である。沙名子もだが、勇太郎は彼と席を並べてあれこれと教わっている。

「では私に電話を替わってください。彼が懸念を持っている箇所《かしょ》はだいたいわかるので、直接説明します」

「はい」

「不動産に関する書類は取り扱いに気をつけろって、彼に教えたのは私ですからね」

勇太郎と電話がつながると、沙名子は社用スマホを塩見に渡した。勇太郎と塩見が話している間に、川本が付箋をつけた書類をチェックする。問題がありそうなものは経理システムにログインして確かめる。

「森若さん、田倉さんの了承は取れました。この書類のコピーはしないでください。もしも必要なら、あとで該当する場所に案内します」

塩見が言った。

「ありがとうございます。塩見さんがわかっているなら行かなくてもいいです。あとで地図と、できれば写真で確認させてください。――この稟議書《りんぎしょ》ですが、該当する車両は駐車場にありますか？　ほかの社用車とは違うようですが」

沙名子はオンライン上の稟議書を示した。去年のもので、新しい車両の購入稟議である。

「ええと――。あー……あることはあります」

塩見はわずかに言いよどんだ。

「あることはある、というのは？」

「いわゆるキャンピングカーに改造しています。改造した業者が、取引先の関係会社だったんですよ」

「割戻金の意味合いがあるということですか？」

「いえ。経理的にはないです。社員の親睦《しんぼく》と、接待としての使用実績があります」

「わかりました。となると一部が福利厚生費、接待交際費に該当するかもしれないですね。どれが関連費に当たりますか」

「ちょっと待ってください。――川本さん、営業の北村《きたむら》さん呼んでくれますか。夏のキャンプって、川本さんは参加されていましたよね」

「はい。写真探しましょうか。わたしの個人のスマホの中に入っていると思います」

「お願いします」

「森若さん、塩見さん、もう一時過ぎていますけど、お昼はどうされますか？」

川本は会議室を出る前に、思い出したように声をかけた。

沙名子は腕時計に目を落とす。十三時二十分。ファイルの残りは半分を切っている。

大阪営業所の経理処理は、要所の判断に甘いところはあるものの、問題になるレベルではない。塩見の手腕《しゅわん》である。うまくすれば今日は泊まらずに九州営業所へ行ける。

「わたしは結構です。満腹だと頭が働かなくなるので。おつきあいさせて申し訳ありません。塩見さんと川本さんはお食事に行ってください」

「私もいいです。川本さんは行ってください。お昼のついでにキャンピングカーを見てきてくれますか。あの駐車場、少し離れていて悪いけど。あるかどうか確認だけ」

沙名子と塩見が言うと、川本はうなずいた。

「わかりました。コピーが終わった書類、ここにまとめて置いておきますね。北村さんは外回り中なので、LINE《ライン》をしときます。わたしもすぐに戻ってきます」

川本が会議室を出て行く。少し経ってから、塩見のスマホが鳴った。

「キャンプの写真来たんですが、こんなのでいいのかな」

塩見は苦笑している。沙名子は横から写真を覗《のぞ》きこんだ。

川本が男性社員たちとバーベキューをしている写真である。川本は男性たちの人気者らしい。太陽と、太陽とペアを組んで外回りをしている北村光星もいる。川本はふたりに挟まれて笑っている。

沙名子はひとまずほっとする。太陽がいるということは今年のものだ。少なくとも近年に社員たちが使った実績とその証拠があること、社用であることは確かだ。

「このキャンプの参加者は社員だけですか。取引先の人は？」

「関連の領収書では接待になっていますが、この写真だけではわからないですね。私は出席しなかったので。あとで川本に聞いてみましょう。――あ、待ってください。電話」

スマホが鳴り出し、塩見が耳に押し当てる。

「――北村からでした。取引先の若手がキャンプに同席していたようです。親睦会のようなものなので、はっきりとした招待はなかったようなんですが」

塩見は少し話したあとで電話を切り、沙名子に向き直った。

「メールで誘ったんでしょうか」

「メールと、ＬＩＮＥでも写真のやりとりがあったそうです。消さないように、改ざんしないように言っておきました。北村は取引先と、ちょっとふざけた感じでやりとりすることがあるんです。若いし、個人的に親しい人がいるみたいで。彼は夕方までに帰ってくるので、話を聞けると思います。日程と場所と、出席した人数と名前の確認をとっておきます」

「そうですね。去年の使用実績もお願いします」

沙名子は言った。

バーベキューの写真の背景には一般車を改造したらしいキャンピングカーがちらちらと写っている。購入は公正だ。私的に所持するため、資産を増やすため、税金を減らすために買ったものではない。そこだけはっきりすればいい。

メールの文章を修正することに意味はない。ふざけたメールひとつで、正式な招待状があるよりも税務官が信頼してくれるかもしれない。

「——あ、森若さんでしたっけ？　わざわざご苦労さまです」

書類を見ていたら急に扉が開き、体の大きな男性が入ってきた。

ワイシャツとスーツのズボンだけというラフな姿で、なぜか手に扇子を持っている。彼は扇子をパタパタ言わせながら沙名子に近寄ってきた。

「所長の向田です。森若さんとはどこかで会いましたかね。最近はあまり東京にも行かへんもんだから。社長が替わってから何かと不自由でね」

「東京本社経理部主任の森若沙名子です。本日はお手数をおかけします。こうなったからには全社員と協力して、つつがなく終わらせたいと思っています」

沙名子は立ち上がって言った。

向田は隙《すき》のない笑顔だった。この雰囲気はどこかで覚えがある——と感じて思い当たる。

本社営業部長の吉村である。そういえば大阪の営業所長は営業部からのたたき上げだった。吉村部長はよく、面白くなさそうに大阪の営業所長の話をしている。

「我が社もいろいろあったからね。どこで目えつけられたんやろって不思議で仕方がなくってね。やっぱ合併なんてしたからやろか。——森若さん、今日は大阪に泊まり？　だったら夕食くらい御馳走《ごちそう》しますよ」

「問題がなければ今日中に博多《はかた》に移動する予定です」

「あ、そうなの？　どうせ九州行くなら、こっちに泊まって明日の朝行けばいいんちゃう？」

ああ、こういう人間かと沙名子は思う。嫌がる相手をうなずかせることに熱意を燃やすタイプ。こんなときに勘弁してくれ。

「いえ。移動も含めて早めにすませたいので」

なるべくそっけなく沙名子は言った。この際嫌われてもかまわない。

「せっかくだから、大阪の美味《おい》しい店を紹介したいんだけどなあ。森若さんはお酒は飲めるんですか。今日はダメでも次の機会に」

「いえ」

「所長、今日のところはあとにしませんか。なにしろ時間がないので」

「何言っとんの塩見、仕事をするのに必要なのは、コミュニケーションいうやつやろが」

「――すみません、遅くなって」

いいかげんにしろ、こっちは食事もとらずに天天コーポレーションの潔白のために働いてるんだぞ。女性と飲みたければキャバクラへ行け――と言いたいのをこらえていたら、川本が帰ってきた。手にコンビニのポリ袋を持っている。

「キャンピングカーありましたよ、塩見さん。エンジンもかかりました。――あ、所長、なにこんなところで油を売ってるんですかー」

川本は笑い、呆《あき》れたように向田所長に向き直った。

「いくら森若さんが美人だからってダメですよ。大変なんですから。このファイルの山を見ればわかるでしょ。さあ行った行った、これから仕事があるんですよ」

「川本ちゃんにはかなわんなあ」

「所長には負けますよ～」

川本は向田所長を笑いながら押し出すようにする。向田所長が扇子をパタパタさせながら出て行くとドアを閉め、ふうとため息をついた。

顔をあげて向き直り、空いている長机の上にコンビニのポリ袋を置く。

「お茶とおにぎり買ってきたので、お腹《なか》すいたら食べてください。コピーの追加ありますか？」

「そちらのファイルの、ピンク色の付箋を貼ったものをお願いします」

「了解です。これコピーしたら、領収書のほう準備しますね」

川本はさきほどの甘えた声が嘘《うそ》のようにてきぱきと言った。ファイルの資料を確認し、会議室を出て行く。

塩見がポリ袋から商品を取り出した。お茶とミネラルウォーターのペットボトルと、おにぎり、カロリーメイト、チョコレートが入っている。塩見は沙名子にペットボトルを渡し、ふたりは並んでお茶を飲んだ。

「もう少しですね。頑張りましょう」

塩見が言った。

「はい。今のところ問題はないので。このまま行けば今日中に終わると思います」

沙名子は答えた。ふたりは短い休みを終え、次の仕事にとりかかる。

向田所長はともかく、塩見と川本が優秀で冷静なのは幸いである。沙名子が本社の経理部員だからといって身構えることもないし、年上だからと上司ぶることもない。事務職員がしっかりしている集団というのは、仕事をしていて気持ちがいい。

「――経理チェック、けっこう大変みたいっすね」

助手席の光星が、スマホを見ながら言っている。

夕方である。ルーティンの営業回りと納品を終え、営業所へ向かって車を走らせている。

今日、東京本社から経理部員が来るということは数日前に知らされていた。質問があるかもしれないので連絡がつく状態にしておくようにと伝達され、営業部員に予備の充電池が配られたくらいだ。

太陽はそれとは別に、沙名子から直接、大阪に出張すると聞いている。

沙名子のことだから問題なくこなすだろうし、声をかけないでとも言われたが、気にならないわけがない。光星に問い合わせが来たのをいいことに、いつもより早めに仕事を終わらせて営業所に向かうことにした。光星は光星で、ガソリン代以外にうしろめたいことがあるらしく落ち着かない。

「メールとＬＩＮＥ消すなって言われてるけど、所長の悪口消しちゃまずいですか」

「消すなって言われてるんだからまずいだろ」

「太陽さんのことも書いちゃってるんですよね。彼女いてるんですかって聞かれたから、いるから無理って言っちゃったことがあって。会社にバレたらすみません」

「マジか。そういうときはごまかしてくれよ」

「と思ったんですけど、ごまかしたらみんな不幸になるじゃないですか。太陽さん、彼女さん大事にしてるでしょ」

「――まあな」

太陽は言った。光星が話しやすいのをいいことに喋りすぎたと反省する。東京にいたときは、鎌本の話を逸《そ》らすのに必死だったものだが。

太陽は営業所の前で光星を降ろした。社用車を停《と》めてから急いで営業所に行くと、総務部のフロアで沙名子と光星と塩見が話していた。

沙名子は黒のパンツとジャケットを着ている。足下には太陽のところに遊びに来たときにも持ってきた、四角いキャリーケースが置いてあった。どうやら仕事は終わったらしい。

「あ、太陽さん。車の鍵持ってますよね。これから俺、森若さんを新大阪《しんおおさか》まで送っていくことになったんで」

光星が言った。

「鍵あるよ。ていうか俺が送るわ。森若さんには東京にいたときお世話になったからさ」

太陽が言うと、沙名子は無言で会釈《えしゃく》をした。少し疲れているようだが、見慣れた無表情である。完全に仕事モードだ。

「——森若さん、博多のステーションホテル、空いてました。天天コーポレーションの森若でシングル二泊取りましたけど、よかったですか」

デスクでPCに向かっていた川本がやってきて、てきぱきと言った。

川本は大阪営業所の営業事務の女性社員である。沙名子ほどではないが、川本も仕事をするときはモードが変わる。太陽は、真面目に仕事をしているときのほうが好きである。

「ありがとうございます」

沙名子は言った。

「予約メール、スマホに転送しておきますね。新幹線のチケットはいいですか？」

「新大阪駅で、来た新幹線に乗ります。おかまいなく。今日はお世話になりました」

「何かあったら言ってください。こちらもすぐに出せるようにしておきます。ウェブ会議の希望日程はあとで送ります」

塩見が言った。

沙名子の仕事がスムーズにいったようでほっとする。

光星が、じゃ行きましょうと言い、沙名子と並んで歩き出した。鍵を欲しそうな顔をしているのを無視して、太陽はエレベーターのボタンを押す。光星ならどこかでわかってくれるのに違いない。

「光星くん、どこかに車停めといてくんない？　俺、改札まで森若さん送ってくから」

「え、俺っすか」

「そう。頼むわ」

新大阪駅のロータリーで太陽は車を停めた。反論される前にドアを開け、車道に降りる。慌てたように光星が助手席のシートベルトを外し、運転席に移った。

太陽は頓着《とんちゃく》せず、後部座席から降りてきた沙名子のキャリーケースを奪い取った。

沙名子は複雑な表情をして太陽を見ている。車に乗っている間はずっと無言だった。仕事中にプライベートを持ち込むなと言いたいのに違いない。

太陽もそれはわかっているのだが、無理をしてでも送りたかった。たとえ開かない扉だとしても、扉の前までは行ってみてもいいだろう。

「──お疲れ」

車が行ってしまうのを待たずに太陽は言った。沙名子が呆れたようにうなずく。

「ありがとう。おかげさまで問題はなかったわ」

「キャンピングカーはＯＫだった？」

太陽はキャリーケースを引いて歩き出した。沙名子は初めて、少し笑った。

「常識の範囲内。仮に指摘されても修正すればいいだけよ」

「はーよかった。あれさ、どこかの知り合いの改造業者に助けてくれって泣きつかれて、経費で頼んだものらしいんだよな。おかげでバーベキューできて楽しかったけど。こっちはわりと、つきあいで営業とるパターンが多いんだよ」

「社員でバーベキューしといてよかったわ。福利厚生費のエクスキューズになるから。発案者のファインプレーだと思う」

沙名子は淡々としている。普段の仕事中よりも落ち着いているくらいである。

最初に見つけた券売機で、沙名子は近い時間の博多行きの新幹線のチケットを買った。太陽がいるからといって、ゆっくりしようという考えはないらしい。そうだろうなと思いながら太陽は在来線改札口を通る。

「経理部、けっこう大変なんだよね。よくわからないけど、無理してない？　なにも一日で大阪から九州まで行くことないだろ」

太陽は言った。沙名子の胸もとには太陽があげたネックレスが光っている。荒れた雰囲気はないが、マニキュアを塗っていないところをみると忙しいのは間違いない。

「大変だし無理はしてる。体調を崩してないから、このまま行く」

「無理すんなと言えないわけだよな。こういう出張とか、田倉さんじゃいけなかったの？」

「勇さんはもっと忙しいからね」

沙名子はカフェに寄り、テイクアウトのコーヒーを買った。新幹線の車内でも仕事をするらしい。最近の太陽の流行《はや》りであるお好み焼き味の煎餅《せんべい》でも持たせてやりたいが、重要書類が詰まっているであろうキャリーケースに入れさせるのもはばかられる。

九州の営業所の所員は酒飲みが多くて、行けば必ず誘われるらしい。天天コーポレーションはもともと九州で始まった会社なので、本社に対しても独特の力関係がある。そんなところに沙名子を行かせるなよと太陽は勇太郎を恨みたくなる。

「俺、周りがみんな、沙名子はなんでもできるって思っているのが嫌なんだよなあ」

キャリーケースをごろごろと引きながら、太陽はぶつくさと言った。

「実際できるんだけどさ。それに甘えてるっていうか。うちの社員、適当なの多いじゃん。俺もそうだけど。沙名子もたまにはそんな感じになってもいいんじゃないかな」

沙名子は黙った。少し考え、ゆっくりと言う。

「うちの会社、なんだかんだ真面目よ。数字を見ればわかる。狡い人、面倒くさい人はたくさんいるけどね。人数少ないのに、よくやってると思う」

「そうか……」

太陽は言った。沙名子には太陽に見えないものが見えている。

博多行きの新幹線の案内が出ていた。ショルダーバッグを肩にかけ、片手にテイクアウトのコーヒーを持って太陽と向かい合う。太陽は沙名子にキャリーケースをしぶしぶ渡した。

「九州、俺も行ってみたいな。観光する暇はないだろうけど、どこかでとんこつラーメンでも食べなよ」

「そうね。ホテルの近くにお店があればいいな。何かおみやげ買ってくる」

「楽しみにしてるよ。暇だったらメールして」

太陽が言うと、沙名子は笑った。

沙名子が改札口に入っていったあと、太陽はしばらく立ち尽くし、沙名子の背中を見つめる。

沙名子はもうすぐ誕生日である。欲しいものを訊《き》きたかったのだが、できなかった。今はそんなことを考える余裕はないだろう。とりあえず九州土産《みやげ》を待つことにする。

在来線改札口の外へ出ると、光星がすぐ横の壁際で、スマホを眺めながら立っていた。

「――なんだ、ここにいたの」

「入ろうかと思ったんですけど、いい雰囲気だったから邪魔しちゃあかんなと」

光星はスマホをポケットに入れながら言った。

「森若さん、怖いって聞いてたけど、そうでもないんですかね」

「そうでもない。――俺、森若さんとつきあってるんで、悪口言わないでくれよ」

太陽は言った。急に隠すのが嫌になった。

光星は太陽に目をやった。

「――ほんまに？」

「そう。誰にも言うなよ。会社じゃ秘密にするって約束してるから」

釘《くぎ》は刺したが信頼している。光星は情に厚い。おしゃべりだが、言ってもいいことと言ってはいけないことはわかっている。

「言いませんよ。あ――そういうことか。もっとふたりの時間を作ってあげればよかったっすね。すみません」

光星はしまったという顔をしている。いいやつである。

「いいよ。森若さん、仕事してるときは俺とか要らなくなるんだよ」

「そんなのみんなそうですやん。愛は仕事してないときに必要になるんですよ」

光星が愛を語っている。ついこの間まで、恋愛をする意味がわからないとか、つきあうのは面倒だとか言っていたくせに、自分が婚約したとたんこれである。

「せっかくだから定時まで、どこかで時間つぶしていきましょうか。森若さんも一緒だったって言ったら経費で落ちますかね」

「落ちねーよ。さっさと帰るぞ」

太陽は言った。イライラしている。自分にできることは何もない。この気持ちが何なのかわからなくて、太陽は早足で歩きはじめた。


二十二時を回ったところで美華がファイルを閉じ、荷物をまとめて立ち上がった。

「わたしはこれで失礼します。残りは明日やる予定です」

「休日出勤されるんですか」

沙名子は尋ねた。

金曜日の夜である。税務調査は来週だ。今週末は追い込みということになる。

経理室にいるのは沙名子と美華だけである。真夕は自分の担当を終わらせている。今日、真夕と涼平は手が空いている総務部員とともに倉庫へ行き、すべての領収書が存在しているかどうか、埃《ほこり》まみれになりながら確認していた。

美華はうなずいた。

「ひととおり資料は用意できました。明日、あらためて最終チェックをします。勇さんも来ると言っていましたし、人がいないほうが集中できるので。森若さんはお休みされるんですね」

「今週末は休みます。終わらないようなら来るかもしれませんけど」

沙名子は言った。大阪と九州への出張で予定よりも時間がかかり、スケジュールがずれてしまった。だいたいはできているのだが、細かく確認をしようと思ったらきりがない。

それでも休日出勤はしたくない。来週にそなえて体調と精神状態を整えたい。

「――これから帰るなら、どこかで軽く食事でもどう。森若さんがよければ」

美華は珍しく、ためらいがちに沙名子を誘った。

さすがにストレスが溜まっているのだろう。美華は平社員なのに、管理職のレベルの仕事を任せられている。

沙名子は微笑《ほほえ》んだ。

「終わったらゆっくり行きましょう」

「そうね。お疲れさまでした」

美華が出て行くと、経理室が急に静かになった。

沙名子は立ち上がって伸びをした。

引き出しから粉末カップスープの素を取り出し、マグカップにスープを作る。

この一週間というもの、粉末のスープとビスケットをデスクに常備している。空腹なのはいいが、炭水化物をとらないと頭が働かない。真夕にビスコと玄米ブランがおすすめだと言われ、深夜残業したときはそのあたりを夕食にしている。

オニオンスープを飲みつつビスコをかじっていたら、経理室の出入り口に影がさした。勇太郎かと思って振り返り、鎌本だったので身構える。

「――こんばんは、森若さん」

鎌本は酒を飲んでいた。スーツ姿にネクタイを締めているが、顔が赤らんでいる。

「鎌本さん、こんばんは。今日は接待ですか。お疲れさまです」

沙名子は言った。営業部員が夜に酔って会社に来るとなれば、取引先との食事以外には考えられない。

「――まあそうだけど」

「伝票なら申し訳ないですが、来週以降にしていただけますか」

「いや、伝票じゃなくて、この間の話なんだけど。ほら」

鎌本は冷笑するような笑みを浮かべている。具体的なことを言わずにこちらに考えさせたがるのはいつものことである。

「この間の話とはなんでしょうか」

沙名子はつとめて事務的に尋ねた。

「森若さんが言ったことだろ。覚えてないの？　交際費か会議費かはっきりさせろとかいう。あれ、やってあげてもいいかなあと思って」

「――ああ。あれなら結構です。営業部員にメーリングリストで要請を出しました。鎌本さんにもご連絡が行ったと思いますが」

「そうだけど、言われてみたら、俺がやったほうが早いかなって」

「もう個人から申告を受けています。必要ありません」

沙名子は突き放した。こういう言い方をしたら鎌本は不機嫌になる。きっと、もっとうまい言い方があるのだろう。しかし今はそんなことに思考力を使いたくない。あとで面倒なことになってもいいから、さっさと経理室から出ていってほしい。

「森若さん、今日、これから予定あるの？」

鎌本は出ていかなかった。沙名子は感情をおさえて答える。

「あります」

「彼氏？」

鎌本はおもねるような、こちらをうかがうような、不思議な笑みを浮かべている。沙名子は視線をそらし、ＰＣに向き直った。

「いいえ。——すみません、仕事にとりかかりたいので、用事がなければよろしいでしょうか」

「じゃあ家に帰っても寝るだけか。寂しいなあ。今度、食事行かない？」

鳥肌が立った。何の冗談だ。酔っ払いの戯《ざ》れ言《ごと》だと思っても、苛立《いらだ》ちと気持ち悪さがおさえられない。

「結構です。仕事が忙しいので」

「仕事仕事ってさあ、そんなの味気なくない？　森若さん、明日誕生日だろ。三十歳の」

ピシッと感情に亀裂《きれつ》が入る。誕生日という単語をこれほど言ってほしくない人間もいない。

これだけ断っても引き下がらないとはどういうわけだ。この状況をわからないのか。そもそも鎌本は沙名子のことが大嫌いで、口を開けば嫌味ばかり言っていただろうが。

沙名子は数秒、耐えた。口を開いたら激しい言葉が出てきそうである。経理室の外に出ていったところで、廊下もほかのフロアも真っ暗で、逆に逃げられなくなる気もする。

ここをしのぐために、いったん了承したほうがいいのか。きっと大阪営業所の川本は、うまくかわすやり方を知っているのだろう——などと考えていたら、経理室に勇太郎が入ってきた。

勇太郎は何か察したらしい。厳しい表情で鎌本に向き直った。

「鎌本さん、何か経理部に用事が？」

「——いえ、寄っただけです」

鎌本は口ごもった。勇太郎が苦手なのである。

「税務調査の仕事中なので邪魔しないでください。申し訳ありませんが」

勇太郎は言った。鎌本はムッとしたように勇太郎を睨《にら》み、経理室を出ていった。

「森若さん、大丈夫だった？」

勇太郎が尋ねた。勇太郎は手にファイルとノートPCを抱えている。

「はい。鎌本さん、何のために来たんでしょうか」

「俺にはわからない。森若さん、今日は何時までやる予定ですか？」

「あと三十分で終わります」

「だったら俺もそれまでいることにします」

わたしに気をつかわず帰ってくださいと言えないのが悔しい。

「ありがとうございます」
沙名子は言った。なおさら早く終わらせなければならない。勇太郎が自分のデスクでファイルを開く音がする。沙名子はＰＣに向き直り、集中した。

今、経理室出た。
なんとか明日と明後日は休めそう。
疲れた。仕事はいいけど、仕事以外で何かあるのは勘弁してほしいわ。
まだ会社？
ホテルまで来ない？
いちおうツイン取ってある
行く。

電車に乗ろうと思ったが駅まで来たら嫌になり、タクシーを拾った。

太陽は今週末、東京に来ることにしたらしい。出張かと思ったがそうではなく、いつもと違うホテルを二泊取ったと言われた。

来てもらっても仕事があるから休めるかどうかもわからないし、休めたとしても家事をしなければならないし、会えたとしてもどこにも行けないよと言っておいたのだが、それでも行くだけ行くと言われた。珍しく強引だ。太陽は記念日にこだわる。

疲れているから放っておいてくれ、今回だけは誕生日を先送りにしてくれと思っていたのだが、こうなると太陽がいてよかった。最悪の気分のままで休日を迎えたくない。

神保町《じんぼうちょう》の隠れ家のようなホテルで、太陽は沙名子を待っていた。

タクシーを降りてエントランスに入ると、ロビーのソファーから立ち上がる。見慣れた赤いパーカーとデニムの姿である。酔ってはいない。沙名子はほっとした。

「出かけるよりものんびりしたいかなと思って。ここケーブルテレビ入ってるから、一日中、ぼーっと映画観ていられるじゃん」

三階の部屋に入りながら太陽は言った。

広くて居心地のいいツインルームだった。布張りのソファーの前に大きなテレビがある。窓から街灯に照らされた坂道が見える。

「あと、ラウンジのケーキが美味しいらしい。出るのがいやなら買ってきてあげるよ」

「リサーチしたんだ」

「めっちゃした。暇だったから近くの回転寿司《ずし》も調べた。回らないのはさすがに厳しい」

ポットのお湯をマグカップに注ぎながら太陽は言った。お茶のセットには紅茶と緑茶とインスタントコーヒー、梅こぶ茶まで揃《そろ》っている。かたわらには大阪土産らしいお菓子の箱と、太陽の飲みかけの湯飲みが見える。

「回っているのがいいよ。今は何かに気をつかうって作業をしたくないの」

「沙名子って、自分のリソースが足りなくなると、そういうところから削っていくんだよなあ。だから誤解される」

太陽の優しさのリソースが削られることはないのか。沙名子にとっては、むしろそちらのほうが不思議だ。

沙名子はベッドに座り、梅こぶ茶を飲む。来てよかったと思った。太陽は容量の大きい充電器だ。この際、自分の部屋が荒れようが洗濯物がたまろうがかまわない。太陽で精神力を充電して、終わったあとで一気に片付けよう。

窓の外に明るい月が出ていた。ぼんやりと眺めながら、鎌本はなんのために経理室に来たのだろうかと考える。おそらくいつもの嫌がらせだろう。彼の行動の動機など、考えるだけ無駄だ。

お茶でも飲みましょう。森若さんって彼氏いるんですか――。

内容は太陽が最初に言ってきたのと大して変わらないのに、鎌本に言われると嫌がらせだと思ってしまうのはなぜだ。

「――たぶん、わたしはもともと冷たいんだと思うわ」

沙名子はぽつりと言った。

自分は太陽でエネルギーを充電できるが、太陽にとって自分はなんなのだと思う。考えないようにしていることだが。

「たまに誰かを大嫌いになる。性格が悪いのよ。太陽みたいにみんなを好きだって思っていられたらいいのに」

沙名子はつぶやいた。太陽が沙名子の隣に座り、ふたりは並んで月を見る。

「嫌いになるくらいよくね？　別にその人に嫌いって言わなければ」

「その人がどうこうっていうんじゃないの。そういう感情って、自分をどんどん侵食していくんだよね。だから、誰もわたしに関わらないでほしかったの。そうしたら誰からも食いつぶされずにすむから」

太陽は悲しそうな顔になる。初めて見る表情である。

「俺と関わるのも嫌なの？」

「太陽は別。それもどうなのって思う。わたしは太陽じゃないとダメだけど、太陽にとってはわたしじゃなくてもいいわけよね。むしろほかの人のほうがいいんじゃないかって思うと、申し訳なくなる。いっそ別れたほうがいいのかって思うこともある」

「沙名子さあ、何気にひどいこと言ってるけど気づいてる？」

自分はひどいことを言っているのだろうか。わからない。

太陽は温かくて気持ちがよかった。沙名子は太陽の肩にもたれかかり、目を閉じる。太陽が沙名子の髪を撫《な》で、顔を傾けてキスしてくる。梅こぶ茶の味がする。とても優しかった。急激な眠気が襲ってきて、沙名子は力を抜いた。

「――沙名子、結婚しようか」

眠りの沼に入る前に、耳元で太陽の声を聞く。沙名子は目を開けない。そのまま体を預け、聞かなかったことにする。

エピローグ　～教える真夕ちゃん～

「――佐々木《ささき》さん、去年に入社した社員と、異動した人のリストです」
真夕《まゆ》が経理室のデスクでPCに向かっていると、玉村志保《たまむらしほ》が入ってきた。
志保は総務部員である。経理部と総務部は今、来週の税務調査へ向けて協力しあってい
る最中で、真夕は担当者なので毎日やりとりをしている。
総務部側の担当者が小林由香利《こばやしゆかり》課長だと決まったときはほっとした。由香利はなんとい
ってもベテランである。天天《てんてん》コーポレーションについても、労務管理についても何でも知
っている。
総務部との最初の会議に、志保が同席しているのを見るまでは。
責任者は由香利だが、直接の担当者は志保だった。よく考えれば当たり前で、課長が末
端の書類の確認作業をするわけがない。経理部側の担当者にしても真夕なのである。
真夕は志保からリストを受け取った。

「あ――これはわかっています、検索すればすぐに出るやつなので。そうじゃなくて、あたしがお願いしたのは、採用と異動にともなう各種の経費のリストです。人事課の経費で、額が大きいものの理由を割り出したいんですよ。メールで例を送りましたよね」

真夕は言った。真夕の担当のひとつは人件費、労務関係費のチェックをすることだ。不自然なものがあったら、あちこちの給与計算や人事計画書、労務規定と照らし合わせ、理由をはっきりさせる。勇太郎《ゆうたろう》から直接、頼まれたものもある。不正や間違いがあるとは思っていないが、とにかく煩雑《はんざつ》である。

「――そうですか」

志保は答えた。軽く唇を嚙《か》み、そのまま経理室を出ていこうとする。

「玉村さん、今のでわかりました？」

真夕は不安になり、思わず聞き返した。どうすればいいのかと訊《き》いてくると思ったのである。

「はい。リスト作り直してきます」

「――それならいいんですけど……これ、この間の会議で話しましたよね……」

真夕は言いよどんだ。

志保にはたまにこういうことがある。何かを頼み、違うものができてきたので違うと指摘すると、そのまま引っ込んで別のものを作ってくる。それが再び間違っている。自分の判断で勝手にやってしまうのである。最初が違ったのならなおさら、なぜ確認を取らないのか不思議で仕方がない。

「わからないことがあったり、これでいいのかって思ったら、あたしに訊いてくださいね。あたし、いつでも答えますから」

真夕は思い切って言った。この台詞《せりふ》を勇太郎や沙名子《さなこ》に言われたことはあったが、自分が言う立場になるとは思わなかった。

「――はい」

志保は答えた。わかっているのかいないのか。いつもなら放っておくところだが、今回はなんとかしないわけにはいかない。税務調査は来週なのである。志保にはほかにも作業を助けてもらわなければならないし、次に違っていたら直す時間がない。

「志保さん、あたし、経理部ですごいミスばっかりしてて、ポンコツなんですけど、ひとつだけ、すごい褒められることがあるんですよ」

真夕は志保が背中を向ける前に、急いで言った。

「褒められること？」

志保が足を止め、ぶっきらぼうに尋ねた。真夕はうなずいた。

「はい。何かっていうと、ミスしたらすぐに認めて、みんなに言うってことなんですよ。あと、できないこととか、わからないことをわからないって言う。そうしたらすぐに教えてもらえるから仕事が早いし、被害があっても最小限で済むんですよ。森若《もりわか》さんにも新発田《しばた》部長にも偉い偉いって褒められて、よく考えたら情けないっていうか、褒められポイントここかって思うんですけど、何もないよりいいかなって。そういうことをしているうちに、だんだん仕事ができるようになっていったんですよ」

「――わたしが、仕事できないって言いたいんですか」

「いえ、そんなんじゃないです。雑談です、雑談」

真夕は手を振った。志保の目は鋭くて、笑顔がないので少し怖い。

ミスを指摘するのは簡単だが、他人の仕事のやり方に口を出すのは難しい。

部長席から、新発田部長がちらちらと真夕を見ていた。ほかの経理部員はいない。いないから言えたことでもあった。新発田部長には細かい担当はないのだが、あちこちの部署と連絡を取り合ったり、重要書類を読んだりしなくてはならないので、それなりに仕事はあるようだ。

志保が行ってしまうと、真夕は立ち上がった。マグカップにカフェオレを作ることにする。外にコーヒーを買いに行くのは一日に一回までと決めているので、夕方にその一回を取っておいているのだ。

熱いインスタントコーヒーに砂糖と牛乳を入れ、デスクに置いていると、経理室に勇太郎と美華《みか》と涼平《りょうへい》が入ってきた。

「あ、領収書どうでした？　ありました？」

真夕は言った。美華に確認したい領収書があって倉庫まで行っていたのである。重いダンボール箱を出さなくてはならないので、たまたま手が空いていた涼平が手伝っていた。

「ありました。問題はなかったです。ついでに会議室へ行って、進捗《しんちょく》の確認をしてきました」

「なんとか終わりそうですかね」

「それは森若さんが帰ってこないとなんとも。森若さんからの連絡はありましたか？」

美華が勇太郎に尋ねた。

沙名子は一昨日から出張に出かけている。一日目は大阪、そのまま九州に二泊して、今日、飛行機で帰ってくる予定である。

「今朝、飛行機に乗ったらしい。そのまま帰っていいって言ったんだけど、会社に顔を出すそうです」

勇太郎は言った。ポケットからスマホを取り出して画面を見る。

勇太郎はスマホが好きではない。普段は社用のものもデスクに置いて持ち歩かないくらいなのだが、今回はさすがに常に身につけている。勇太郎は仕事を邪魔されるのが嫌いなので、連絡するときはビクビクしてしまう。

「大阪から九州までって、疲れちゃいますよね。会社に来ることないのに」

「そうなると後日の仕事を圧迫しますよ。今回は締め切りが決まっていることですから」

「そうかー」

沙名子は休日出勤を嫌うし、仕事の資料を家に持ち帰りたくはないだろう。無理を押しても出勤しそうだな——とカフェオレを飲みながら思っていたら、ゴロゴロとキャリーケースを引く音がした。

「——お疲れさまです」

噂《うわさ》をしたら影というやつである。

沙名子は私服で、キャリーケースと紙袋を持っていた。ロッカールームに寄らずに来たらしい。そのままデスクへ行き、キャリーケースの鍵を開ける。

「森若さん、お帰りなさい。今、森若さん来るかなって話をしていたところだったんですよ。九州営業所、大変だったみたいですね」

「そうね。いろいろあったけど、なんとかなりました。今日中にまとめる予定です」

沙名子は言った。相変わらず淡々《たんたん》としているが、それほど疲れてはいないようだ。

沙名子の中で何やら静かな決意のようなものが燃えている。こういうときの沙名子は誰にも止められない。勇太郎と美華と沙名子には、できる限り仕事に集中させてやらねばならない。涼平も同じことを考えているようで、率先して雑務を手伝っている。

営業部の担当が鎌本《かまもと》だと聞いたときはがっくりした。希梨香《きりか》によれば、鎌本が自分から希望したらしい。仕事の嫌いな鎌本にしては珍しい。

沙名子はファイルを出し終わり、紙袋を持って冷蔵庫のドアを開けた。

「おみやげ買ってきたから、冷蔵庫に入れておきますね。とんこつラーメンのお持ち帰りセット。ひとり一袋ずつ持って帰って」

「とんこつラーメン！　森若さんにしては珍しいですね」

真夕は驚いた。沙名子とラーメンというのが結びつかない。沙名子といえば、体に良さそうな手料理を食べているイメージである。

沙名子は少し恥ずかしそうに笑った。

「美味《おい》しかったからつい買っちゃった。好きじゃなかったらごめんね」

「ありがたくいただきます」

美華が口を挟んだ。またしても意外だ。真夕は思わず言った。

「えっ、美華さんもラーメン食べるんですか」

「食べますよ。真夕ちゃんは食べないんですか」

「いや、食べますけど」

「俺も好きですね。作るのも好きです。なんなら鍋借りて、給湯室で作りましょうか。庶務課に言えばコンロくらい出てきますよね。どうしても残業せざるを得なくなったときに」

涼平が言った。経理部員は複雑な表情で涼平を見る。

涼平が言っていることはわかる――深夜残業をしているときに、温かいものを食べたいと思うことはある。しかし、全員が残業しなければならなくなるという前提で何かを考えたくはない。

「――そのときが来たら考えよう」

勇太郎が言った。

「そうですね」

「そのときが来ないことを祈っています」

「来たら俺がやりますから」

「そうなったら岸《きし》さんだって動けないですよ。暇な人に作ってもらえばいいですよ」

真夕は言った。なんとなく新発田部長に注目が集まり、全員が同時に目をそらす。新発田部長は、ん、なんだなんだとつぶやきながら五人の顔を見渡した。

　知らないふりをして仕事にとりかかっていたら、経理室に志保が入ってきた。

　志保はドア付近で立ち止まり、少しきょろきょろした。何かを決意したように真夕のところまで歩いてくる。

「――あの。これ、ちょっとわからないんで」

　志保は真夕に書類を差し出し、ぼそりと言った。

　デスクにいた沙名子が顔をあげた。びっくりしたように志保を見る。

「はいはーい。どこですか」

　真夕はマグカップをデスクに置き、書類を受け取った。ところどころに赤線が引かれ、疑問点が書かれている。わかるわかる、こういうの最初は頭を抱えるよね、と共感したくなる。

　仕事はこれまでになく忙しいが、気分は悪くない。税務調査が無事に終わったら、志保をランチに誘ってもいい。

　天天コーポレーション経理部は、今日も平和だ。

※この作品はフィクションです。実在の人物・団体・事件などにはいっさい関係ありません。

集英社オレンジ文庫をお買い上げいただき、ありがとうございます。
ご意見・ご感想をお待ちしております。

● あて先
〒101-8050　東京都千代田区一ツ橋2-5-10
集英社オレンジ文庫編集部 気付
青木祐子先生

これは経費で落ちません！ 9
～経理部の森若さん～

集英社
オレンジ文庫

2022年3月23日　第1刷発行

著　者　青木祐子
発行者　北畠輝幸
発行所　株式会社集英社
〒101-8050東京都千代田区一ツ橋2-5-10
電話【編集部】03-3230-6352
【読者係】03-3230-6080
【販売部】03-3230-6393（書店専用）
印刷所　株式会社美松堂／中央精版印刷株式会社

ISBN 978-4-08-680437-0 C0193

奥乃桜子
神招きの庭
シリーズ

①神招きの庭
神を招きもてなす兜坂国の斎庭で親友が怪死した。
綾芽は事件の真相を求め王弟・二藍の女官となる…。

②五色《ごしき》の矢は嵐つらぬく
心を操る神力のせいで孤独に生きる二藍に寄り添う綾芽。
そんな中、隣国の神が大凶作の神命をもたらした…！

③花を鎮める夢のさき
疫病を鎮める祭礼が失敗し、祭主が疫病ごと結界内に
閉じ込められた。救出に向かう綾芽だったが…？

④断ち切るは厄災の糸
神に抗う力を後世に残すため、愛する二藍と離れるよう
命じられた綾芽。惑う二人に大地震の神が迫る――！

⑤綾なす道は天を指す
命を落としたはずの二藍が生きていた!?　虚言の罪で
囚われた綾芽は真実を確かめるため脱獄を試みる…。

好評発売中
【電子書籍版も配信中　詳しくはこちら→http://ebooks.shueisha.co.jp/orange/】